www.ingramcontent.com/pod-product-compliance
Lightning Source LLC
LaVergne TN
LVHW051122051026
849532LV00004BB/1640
* 9 7 8 9 3 5 8 7 2 9 4 2 9 *

ایک الجھی ہوئی کہانی

(افسانے)

(آن لائن رسالہ 'سمت' کے شماروں سے منتخب شدہ افسانے)

مرتب:

اعجاز عبید

© Taemeer Publications LLC

Aik Uljhi huyi Kahani (Short Stories)

Edited By: Aijaz Ubaid

Edition: January '2024

Publisher :

Taemeer Publications LLC (Michigan, USA / Hyderabad, India)

ISBN 978-93-5872-872-9

9 789358 728729

کتاب	:	**ایک الجھی ہوئی کہانی** (افسانے)
مرتبہ	:	**اعجاز عبید**
صنف	:	فکشن
ناشر	:	تعمیر پبلی کیشنز (حیدرآباد، انڈیا)
سالِ اشاعت	:	۲۰۲۴ء
صفحات	:	۱۰۰
سرورق ڈیزائن	:	تعمیر ویب ڈیزائن

فہرست

(۱) پرچھائیں

نسترن احسن فتیحی

صبا نے راستے پر چلتے چلتے اپنی پرچھائیں کو دیکھا، کتنا بھی تیز قدم بڑھا لے وہ اس کے آگے ہی رہے گی۔۔۔ حقیر، بونی، بیہودہ پرچھائیں، اسے اس کی کم مائیگی کا احساس کرانے کے لئے وہ اس کے سامنے رہ کر منھ چڑھاتی رہتی ہے۔۔ لیکن کبھی جب پیچھے جاتی ہے نظروں سے اوجھل ہو جاتی ہے تو اپنا قد اتنا بڑا کر لیتی ہے کہ وہ نظروں میں نہ رہ کر بھی جیسے اسے دبوچ لیتی ہے اور وہ بے بس و کمزور پڑ کر اس کی موجودگی کے احساس سے نکل نہیں پاتی۔ یہ پرچھائیاں اتنی شکلیں کیوں بدلتی ہیں، کیوں نہیں تھوڑی دیر اسے اکیلا چھوڑ دیتی ہیں۔ اسے تو لگتا ہے کہ وہ وقت کا کوئی بھی پہر ہو، اجالا یا اندھیرا ہو وہ ان پرچھائیوں میں جیتے جیتے تھک گئی ہے۔ اپنی گنجلک سوچوں کے ساتھ وہ گھر پہنچ چکی تھی۔

صبا نے سبزی کا تھیلا ڈائننگ ٹیبل پر رکھا اور کرسی کھینچ کر بیٹھ گئی۔ اسے سمجھ نہیں آ رہا تھا کہ اسے تھکن زیادہ ہے یا پیاس۔ گھر پہنچ کر تھیلے اور پرس سے چھٹکارا پانے کے بعد دو قدم بڑھا کر اب اس سے فرج تک بھی نہ جایا جا سکا، لیکن پیاس سے ہونٹ سوکھ رہے تھے، اکتوبر کے اوائل میں گرمی اتنی شدید نہیں ہوتی لیکن چڑھتے سورج کی ڈھلی ڈھلائی سفید دھوپ کی تپش نے جیسے جسم سے پانی ہی نہیں خون بھی نچوڑ لیا ہو۔

اس نے سامنے بڈروم میں بستر پر اپنے دونوں پیر پھیلائے گود میں لیپ ٹاپ رکھے اپنی بڑی بیٹی پنکی کو دیکھا، وہ اپنے فیس بک کے دوستوں کی دنیا میں گم تھی، تبھی دوسرے

کمرے سے راجو آیا پارے کی طرح تھرکتا ہوا۔۔۔

"آپ آ گئیں ممی! بہت بھوک لگی ہے۔" اس نے فرج پر رکھی ٹوکری سے ایک سیب اٹھایا۔

"ہاں لفٹ خراب ہے، چار منزل چڑھتے چڑھتے حالت خراب ہو گئی۔۔۔ ذرا پانی تو پلاؤ۔"

"یے۔۔یے۔۔یے۔۔" پاس کے کمرے سے شور کی آواز آئی۔۔ کوئی وکٹ گرا تھا، راجو اپنی آواز بھی اس شور میں شامل کرتا ہوا ادھر دوڑ گیا اور صبا کے الفاظ اس شور میں گم ہو گئے۔۔

"منی۔ ۔۔۔" صبا نے پکارا۔ ۔۔ چھوٹی بیٹی کہیں دکھائی نہیں دے رہی تھی ۔۔ "منی۔۔۔" صبا نے پھر پکارا۔

"اف فوہ ممی فون پر ہوں۔۔" منی نے بالکنی سے سر اندر کر کے اسے ایک جھڑکی دی۔

صبا کی سانسیں برابر ہو چکی تھیں، اس نے اٹھ کر فرج سے بوتل نکالی اور ٹیبل کے پاس آ کر گلاس سیدھا کر کے پانی اس میں ڈالنے لگی۔۔

"ممی۔۔۔ ایک گلاس مجھے بھی۔۔۔" سامنے سے بڑی بیٹی پنکی نے آواز لگائی۔ وہ گلاس اٹھا کر پنکی کو دے آئی، اس میں اس وقت قوت مدافعت نہ تھی۔۔ پھر خود پانی پی کر بوتل بھر کر واپس فرج میں رکھا اور ٹی وی روم میں گئی، وہاں راجو اپنے پاپا کے ساتھ ٹوینٹی ٹوینٹی میچ دیکھنے میں محو تھا، ان دونوں کی محویت میں کوئی فرق نہ آیا، اور صبا دو منٹ وہاں پر کھڑی ہو کر لوٹنے لگی پر شوہر اور بیوی ایک دوسرے کی طرف دیکھیں یا نہ دیکھیں ان دونوں کے بیچ ایک ٹیلی پیتھی ہوتی ہے، شاید اسی ٹیلی پیتھی سے اس کے شوہر بلال نے اس

کی موجودگی اور واپسی کو اچانک محسوس کیا اور اس کی دلجوئی کرنے کے لئے جاتی ہوئی صبا سے کہا۔

---"صبا دیکھو آج میچ میں بہت مزہ آرہا ہے--"

"ہوں--" صبا کے قدم نہیں رکتے---کیونکہ وہ بہت بے مزہ ہو چکی ہے۔ --اپنے چہار طرف ہلتی ڈولتی پرچھائیوں سے۔ وہ یہ بھی جانتی ہے کہ وہ اگر رک بھی گئی تو یہ پرچھائیاں اس کے اپنے قد کو ہی بونا اور بدہیئت کر کے دکھا دیں گی۔ وہ وہاں سے آ کر الماری سے اپنے لیے ایک سوتی ساڑی نکالتی ہے۔ "ممی جلدی کھانا بنا دو مجھے اور پاپا کو بہت بھوک لگی ہے۔"صبا کی سماعت سے یہ آواز ٹکرائی---اور وہ اپنی سلک کی ساڑی اتار کر سوتی ساڑی باندھ کر باورچی خانے میں چلی گئی۔ آج دو اکتوبر کی چھٹی ہے اور آج ہی اتوار بھی ہے۔ ایک چھٹی نہیں ملنے کا سب کو افسوس ہے اور آج اسی چھٹی کی وجہ سے سب گھر پر ہیں ورنہ اس وقت کون گھر میں رہتا ہے---کس نے کہاں کب کتنا کھایا کسی کو معلوم نہیں رہتا اس لیے چھٹی کے دن کو صبا کچھ اسپیشل ٹچ دینا چاہتی ہے، شوہر اور بچوں کے لئے اور اپنے لیے بھی---اس کے اندر چند دہائیوں پہلے والی ایک عورت زندہ ہے---جو ہر وقت اس کا دل مٹھیوں میں لے کر بھینچتی رہتی ہے۔ کبھی کبھی ملنے والی چھٹیوں کی اس کے لیے بھی وہی اہمیت ہے جو دوسروں کے لئے ہے۔ اس کا جسم بھی آج بیحس و حرکت بستر پر پڑا رہنا چاہتا ہے پر اس کے اندر والی عورت کا بھوت نکل کر اسے اپنے قابو میں کر لیتا ہے اور اسے بے حسی سے پڑے رہنے کی اجازت نہیں دیتا، صبا بڑی بیچارگی سے مدد کے لیے سب کی طرف دیکھتی ہے پر اسے وہاں کوئی دکھائی نہیں دیتا--- پر کچھ لوگوں کی پرچھائیاں وہاں ہوتی ہیں---بلال کی، راجو کی، پنکی اور منی کی---جو وہاں اتنے ہی موجود ہوتے ہے جتنی اس کی یادوں میں ماضی کی پرچھائیاں---وہ کام کرتے کرتے کب

ماضی کی پرچھائیوں کے ساتھ ہوتی ہے اور کب حال کی۔ اسے خود پتا نہیں چلتا اسے اپنا زمانہ یاد آتا ہے وہ زمانہ جسے اس کے بچے پرانا زمانہ کہہ کر اس کی سوچوں کا مذاق اڑا دیتے ہیں اور اس وقت اس کے بڑے نیا زمانہ کہہ کر جھڑک دیا کرتے تھے۔۔ مگر اُس زمانے کا موہ اسے جکڑے رہتا ہے، اس زمانے کی بڑی بڑی ڈیوڑھیاں، آنگن، دالان اور ایک ہی چھت کے نیچے رہنے والے خاندان اور ان کی تہذیبیں سب غائب ہو گئی ہیں۔ صبا نے سوچا بادشاہ اور نواب کی بات تو وہ نہیں جانتی پر حویلیوں اور کوٹھیوں کو سکڑ سمٹ کر گھر میں بدلتے اس نے اس زمانے سے اس زمانے تک آتے آتے ہی دیکھا تھا۔۔تب اسے بھی چھوٹے اور خوش و خرّم خاندان کا تصوّر بڑا بھلا لگتا تھا۔ پر اب لگتا ہے بڑے خاندان کے ساتھ بڑے بڑے سہارے اور امداد بھی غائب ہو گئے۔۔نہ جانے کب اور کیسے خوشی کی گٹھری وہیں چھوٹ گئی اور ہم اپنے ساتھ صرف بوجھ اٹھا لائے۔۔۔، چھوٹے بڑے کام کا بوجھ، تنہائی کا بوجھ لاتعلقی کا بوجھ۔۔۔ اور وہ پرانی تہذیبیں ہی ہیں جو اس کی نسوں میں دشمن بن کر دوڑ رہی ہیں اور یہ یوں ہی ایک نسل سے دوسری نسل تک پہونچنے کی کوشش کرتی ہیں پر جب کسی نسل کے ساتھ دم توڑتی ہیں تو پورے معاشرے کو مردہ بنا جاتی ہیں۔۔

"ممی ی ی۔۔۔۔" راجو کی آواز نے اسے ماضی سے حال کی پرچھائیوں کے بیچ کھینچ لیا۔

اس نے مکسر کا سوئچ آف کیا، گلاس ٹرے میں لگا کر اس میں موسمبی کا جوس ڈالا اور سب کو جا جا کر جوس کا گلاس پکڑا دیا، فون کی گھنٹی بج رہی تھی، راجو نے صبا کو اپنی طرف دیکھتے ہوئے پا کر کہا۔۔۔ "ممی دو اور بجے ہیں پلیز آپ دیکھ لیں۔" صبا نے اپنا غصہ ضبط کر لیا اور فون کی طرف گئی۔۔۔

"رہنے دو ممی میرا ہے۔"موبایل پر سگنل نہیں مل رہا ہے۔"

صبا کا غصہ پھوٹ پڑا۔۔"کس سے اتنی دیر سے بات کر رہی ہو۔"

منی نے کھا جانے والی نظروں سے ماں کو دیکھا اور فون اٹھالیا۔

"یہ تم نے کس طرح مجھے۔۔۔"اس سے پہلے کہ صبا کی بات پوری ہوتی، بلال کی آواز آئی،

"اب اس وقت تم لوگ لڑنے مت لگنا۔"

صبا کو اپنی ساس یاد آ گئیں، جو ہمیشہ ایسے موقعے پر بلال کو روک دیا کرتی تھیں۔۔

"ماں کچھ بھی بچّے کی بھلائی کے لئے بولتی ہے تم بیچ میں مت کودا کرو۔"صبا کا دل بھر آیا، اس بار حال کی نہیں پیچھے سی ماضی کی پرچھائیوں نے اپنا قد بڑا کیا اور اسے دبوچ لیا۔

۔۔صبا باورچی خانے میں چلی گئی، اور تیزی سے سبزیاں کاٹنے، چاول دھونے اور پیاز تلنے میں لگ گئی۔

"ممی۔۔۔۔ ممی۔۔۔۔ کہ دیجیۓ میں گھر پر نہیں ہوں۔"پنکی بغیر چپّل کے ہی ہاتھ میں موبائیل لئے دوڑ کر آئی۔ صبا نے اس کے بغیر چپّل کے پیروں کو چڑھ کر دیکھا، آج ہی اس نے بستر کی چادر بدلی ہے۔ پھر اپنے گیلے ہاتھوں کو دیکھا۔

"لیجیۓ۔۔"پنکی اس سے ضد کر رہی ہے، وہ ساڑی کے آنچل سے ہاتھ پوچھ کر فون ریسیو کرتی ہے۔۔

"کون آرتی۔۔؟۔۔۔ آدھے گھنٹے بعد کر لینا، وہ باتھ روم میں ہے۔۔۔ ہاں نہا رہی ہے۔۔"

پنکی ماں سے ناراض ہو گئی کہ اس نے یہ کیوں نہیں کہا کہ وہ گھر پر ہی نہیں ہے۔

"کیوں جھوٹ بولنے کی کیا ضرورت ہے؟"

"آپ نہیں سمجھتی ہیں ممی آ کر بیٹھ جائے گی۔"

"تو کون سا تم ضروری کام کر رہی ہو؟"

"اتنے دن بعد دوستوں سے آن لائن ملی ہوں"

"جن دوستوں سے تم کبھی ملی نہیں آن کے لیے بچپن کی دوست سے۔۔۔"اس کی بات پوری ہونے سے پہلے پنکی پیر پٹکتی ہوئی وہاں سے چلی جاتی ہے۔۔اور صبا پھر سے اپنی پریشان سوچوں کے گرداب میں چکرانے لگتی ہے۔۔۔۔ماں باپ نے پہلے بچوں کو دوست بنایا، پھر دھیرے دھیرے اب وہ کسی بات میں دخل اندازی برداشت نہیں کرتے، بلال پر اپنے کام کی اتنی تھکن رہتی ہے کہ اسے ان چیزوں سے جیسے کوئی مطلب نہیں، سب اپنے اپنے محور پر بس گھوم رہے ہیں کسی کے پاس کسی کے لیے وقت نہیں، جیسے سب کا ساتھ ہونا ایک اتفاقی بات ہو، جیسے کچھ اجنبیوں کا ایک ہی کوپے میں سفر کرنا، ایک دوسرے کو جاننا سمجھنا ایک اجنبیت کے ساتھ اور الگ الگ منزلوں کے انتظار میں ۔۔اور صبا کو اپنی دخل اندازی ایسی ہی لگتی ہے جیسے آپ کسی دوسرے کی برتھ پر زبردستی اپنے لئے جگہ بنائیں، اور آپکی اس جرأت پر لوگ آپ کو خشمگیں نگاہوں سے دیکھیں۔

"کھانا تیار ہو چکا تھا گرم گرم کھانا۔۔۔صبا کو خوشی ہے کہ وہ آج اپنے سارے کام پر اپنے بچوں اور شوہر کو ترجیح دے کر ان کے لیے تر و تازہ کھانا تیار کر پائی ہے، جو روزنہ کر پانے پر اس کے اندر دہائیوں پہلے والی عورت اسے کچوکے لگاتی رہتی ہے۔اور اسے اندر سے خوش نہیں رہنے دیتی مگر اس وقت صبا نے گنگناتے ہوئے ٹیبل پر کھانا لگایا سلاد، رائتہ، گوبھی۔ مٹر اور ٹماٹر کی سبزی، دال، زیرہ چاول اور گرم گرم گھی لگی روٹیاں۔وہ پنکی اور منی کو آواز دیتی ہوئی بلال اور راجو کو بلانے چلی جاتی ہے۔۔

"چلو کھانا تیار ہے۔"اسے ایک منٹ کی دیر بھی اب منظور نہیں۔۔۔

"ارے صبا بور مت کرو لاسٹ اوور چل رہا ہے۔۔"

صبا کو غصہ آتا ہے۔۔ "راجو تمہیں بھوک لگی تھی؟؟؟"

"ممی یہیں پر پلیٹ میں لا دیں نا۔۔ پلیز۔۔!"

"ہاں صبا۔۔۔ یہیں پر پلیٹ میں دے دو۔۔ ایک دن تو چھٹی کا ملا ہے اسے اپنے طور پر جینے دو۔۔۔"

وہ پلٹ کر جانے لگتی ہے "تمہاری ممی کو اس کے علاوہ اور کچھ سمجھ میں نہیں آتا۔۔۔ کھانا کھانا بس ہر وقت کھانا۔۔۔" بلال اور راجو ایک ساتھ ہنستے ہیں۔۔۔۔ صبا کو لگتا ہے اس کی بونی پرچھائیں اس کے قدموں سے الگ ہو کر اس پر ہنس رہی ہے۔

صبا کا سر ناچ رہا ہے نہ جانے تھکن سے، مایوسی سے یا غصے سے، اس سے زیادہ اس کے اندر والی عورت مجروح ہوئی ہے۔۔ وہ تیزی سے ڈائننگ ٹیبل کے پاس آتی ہے۔۔ پنکی اپنا کھانا لے کر واپس لیپ ٹاپ کے پاس جا چکی ہے، منی اسے غصے میں دیکھ کر جلدی سے ٹیبل پر آ جاتی ہے اور اپنا کھانا لے کر کھانے لگتی ہے، صبا نے بلال اور راجو کو پلیٹ میں کھانا نکال کر انہیں تھما دیا اور خود اسٹڈی ٹیبل پر جا کر بیٹھ گئی ٹیبل پر کاپیوں کا انبار لگا ہے اسکول کے امتحان کی رپورٹ بھی تیار کرنی ہے آج کا دن اس نے یوں ہی برباد کر دیا۔۔ منی اس سے پوچھنا چاہتی ہے آپ نہیں کھائیں گی۔۔؟ پر نہیں پوچھ پاتی اس کا موڈ دیکھ کر ڈر گئی ہے۔۔ صبا اپنے کام میں لگ جاتی ہے وہ اپنے کام میں اتنی محو ہے کہ اسے احساس ہی نہیں ہوتا کب بجلی چلی گئی۔۔ پاور کٹ ہوتے ہی راجو کو اپنے باہر کے دوست یاد آ جاتے ہیں اور وہ ان کے ساتھ کھیلنے چلا جاتا ہے بلال اس کمرے سے اس کمرے میں آتے جاتے کھانس کھنکھار کر صبا کی توجہ کے متمنی ہیں، "صبا تم نے کھانا کھایا۔۔؟" بلال نے پوچھا،

"یہ کام ختم کر کے کھا لوں گی،" صبا نے مختصر جواب دیا۔۔

"کھانا اچھا تھا۔!!" بلال نے کہا۔

صبا چپ ہے، وقت گزر جانے کے بعد الفاظ اپنی اہمیت کھو چکے ہیں۔۔

"منی اور پنکی تو سو گئی ہیں_ "بلال نے بات آگے بڑھائی۔۔۔

"ہاں" جیسے بہت دور سے آواز آئی۔

"بہت بوریت ہے یار۔۔۔ کیا کروں؟" بلال کی آواز میں احتجاج ابھر آیا۔

"سو جاؤ۔" صبا اپنے کام سے سر نہیں اٹھاتی۔۔۔ لیکن صبا نے محسوس کیا اس کے اندر کی چند دہائیوں پہلے والی مجروح عورت دور کھڑی حیران اور اجنبی نگاہوں سے اسے دیکھ رہی ہے جیسے وہ اسے نہیں پہچانتی۔

(۲) ایک مکمل کہانی

محمد عثمان عالم

جگر، دِل گردے، دماغ، معدہ، پھیپھڑے اور نجانے کون کون سے حصے اُس کے مردہ جسم سے کاٹ کر ایک سٹیل کے مخصوص برتن میں رکھے جارہے تھے۔ اُس وقت میں بھی وہی موجود تھا۔

اُن لمحات میں، میں اندھا تھا۔۔۔ میری آنکھیں اِس کمرے نما ہال سے باہر کھڑے افسردہ اور غم ناک آنکھوں والے دوست کے پاس تھیں۔

مجھے یقین ہے اُس وقت۔۔۔ میں بہرہ بھی تھا کیونکہ اِس مردے نے مجھے کئی مرتبہ اپنی تیزابی آواز میں مخاطب کیا ہوگا لیکن میری سننے کی حس دیواروں کے اکھڑے پلستر میں کہیں چھپی بیٹھی تھی۔

شاید اُس وقت۔۔۔ میں اپاہج بھی تھا ورنہ میری ٹانگوں میں حرکت ہوتی۔ میں تو کئی لمحوں سے ساکت اور بے حس تھا۔

میں جہاں کھڑا ہو یہاں مُردوں کا پوسٹ مارٹم کیا جاتا ہے۔ سفید سنگِ مرمر سے بننے اِس تھلہ نما سٹریچر، جس پر جوان مردہ لڑکی کے جسم کے اندرونی اعضاء کے چھوٹے چھوٹے ٹکڑے پولی تھین کے لفافے میں سلیقے سے ایک طرف رکھے جارہے تھے میں اِسی بدنصیب کا منہ بولا بھائی تھا۔

کچھ گھنٹے قبل جب اِس مردے میں کچھ جان باقی تھی اور اِس کو بطور انسان دیکھا جا رہا تھا تو اُن لمحوں میں، میں بھی اِس کے ساتھ انتہائی نگہداشت والے کمرے میں موجود

تھا۔ میری ہاتھ کی ہتھیلی جتنی اِس لڑکی کے جسم کے ساتھ ڈرپ کو نولا، پیشاب کی تھیلی، خون کی مقدار ماپنے اور دِل کی دھڑکن دیکھنے والی مشینیں کسی جونک کی مانند چمٹی ہوئی تھیں۔

جب اُس نے اپنے خشک اور پیلے پڑتے ہونٹوں سے مجھے اپنے قریب ہونے کو کہا تو میں دھندلی نظروں سے اُس کے پائنتی پر کھڑا اُس کو دیکھ رہا تھا جس نے کچھ دیر بعد اُس کی جان قبض کرنی تھی۔

"بھائی انہیں چھوڑنا مت"

گھُٹے گھُٹے اور نیم مردہ لفظ اُس نے اپنے مریل ہونٹوں سے میرے کان کے پیالے میں اُنڈیلے۔

اُس وقت میرے اندھے پن کو بینائی ملی جب درمیانی عمر کی ایک لیڈی ڈاکٹر کے آگے کھڑا وہ شخص کسی ہوشیار موچی کی مانند گردن کی چمڑی میں بڑے بڑے ٹانکے پروتے ہوئے سینے کی جانب بڑھا۔۔۔ یا پیٹ اور سینے سے ہوتا ہوا وہ گردن کی چمڑی تک آیا شاید میری یادداشت میرا ساتھ نہیں دے رہی۔

میں منہ بولا اور وہ حقیقی بھائی جو اِس وقت اِس وحشی کمرے سے باہر کھڑا ہمارا منتظر تھا۔ وہ میرا بچپن کا دوست اور غم خوار تھا۔

میں اِن باتوں کی تفصیلات میں قطعاً نہیں جاؤں گا کہ جب اِس مردہ جسم کو ایمبولینس کی مدد سے گھر پہنچایا گیا تو وہاں کیا کہرام مچا۔ ماں اور بہنیں کیا واویلا کر رہی تھیں۔ بھائیوں کی آنکھیں نم ناک اور محلے والے کیسے متجسس اور سُن گُن میں لگے ہوئے تھے۔

میں ایک کردار ہوں منہ بولے بھائی کا۔ اِس سے زیادہ اور کچھ نہیں۔

اُس رات میرے کمرے کی اندھی دیوار سے اُس کا آخری جملہ سیم بن کر اُکھڑتا رہا۔

"بھائی اُنہیں چھوڑنا مت"

مجھے وہ دِن اچھی طرح یاد ہے جب ٹھیک ایک سال پہلے وہ اِسی گھر سے بیاہی گئی تھی۔ روایتی سسرال والے۔۔۔ مادی ذہنیت۔ کبھی جہیز کی کمی کا طعنہ تو کبھی میکے کی طرف سے خواہش پوری نہ ہونے پر جسمانی تشدد۔

میں اُس پکی رپورٹ کی طرف آتا ہو جو مطلوبہ تھانے میں مدعی کی طرف سے درج کروائی گئی تھی۔

رپورٹ میں درج تھا کہ لڑکی کو اُس کی ساس اور شوہر نے زبردستی تیزاب پلایا۔ بعد میں تیزاب ہی اُس کی موت کا سبب بنا۔

میری آنکھوں کے سامنے وہ بارہ دِن موت اور زندگی کے درمیان ڈسٹرکٹ اسپتال میں پڑی رہی۔ میں نے اِن دِنوں میں موت کو اُس کے جسم کے اندر اور باہر آتے جاتے دیکھا۔

موت تو اُس تیزاب کے اندر کہیں چھپی بیٹھی تھی جو اُس کی خوراک کی نالی سے معدہ، جگر، پھیپھڑوں اور آنتوں کو چیرتی ہوئی نکل گئی تھی۔

اُن دنوں کی بات ہے جب موت اُس پر مکمل طور پر حاوی نہ ہوئی تو اُس کی سڑی آنتوں کو پیٹ سے باہر رکھ دیا گیا۔

اُس کی کھُلی آنتیں کچھ ہی دِنوں میں سرانڈ پیدا کرنے لگیں۔ اِس سے قبل کہ اُس کو پلاسٹک کی آنتیں لگائی جاتیں۔ موت اُس کے جسم کے ایک ایک خلیے کے مرکزہ تک جا پہنچی تھی۔

اِس کہانی میں میرا کردار ایک منہ بولے بھائی کا ہے اِس سے زیادہ اور کچھ نہیں۔

"بھائی اُنہیں چھوڑنا مت"

ایک ایک کر کے یہ الفاظ میرے جسم کے پسینے سے اُس وقت بہہ رہے تھے۔ جب تفتیشی افسر کے ہمراہ میں، میرا دوست اور اُس کی ماں حوالات کی سلاخوں کے پیچھے بند اُس شخص کے بالکل سامنے تھے جسے میں نے چھوڑنا نہیں تھا۔

اُس کی موت اخبارات کی چار کالم کی خبر بنی۔ نجی ٹی وی چینل نے پیکجز اور کرائم رپورٹ بنا کر چلائی۔ خواتین کی علمبردار تنظیموں کو اُن کے حق میں ایک اور سٹوری مل گئی۔

مجھے یاد ہے اُس کی ماں، میرا دوست اور میں اگلے چھ ماہ تک منشی، وکیلوں اور عدالتوں کے چکر میں پڑے رہے۔ کہیں بھی ہمیں انصاف کا سستا پرندہ نظر آتا ہم اُس کے گھونسے تک لازمی جاتے۔

چھ ماہ منہ سے کہنا آسان ہے جب جیب اور گھر کی تجوری خالی ہو اور قرضوں کی گٹھ پشت پر وزن بڑھا رہی ہو تو آگے کا سفر مشکل ہو جاتا ہے۔

دوست کے گھر کی دیوار سے مجھے ہمیشہ مقتول کی سسکیاں اور آہیں سنائی دیتی رہیں۔

کارنس پر پڑی اُس کی معصوم تصویر مجھ سے اور میرے دوست سے صرف ایک ہی سوال کرتی۔

"بھائی اُنہیں چھوڑنا مت"

کیس کی پیروی کے دوران ہی مجھے کچھ وقت کے لئے دوسرے شہر عارضی طور پر منتقل ہونا پڑا۔

رات پڑتے ہی وہاں بھی اُس کے الوداعی تیزاب میں ڈوبے الفاظ بدنما کیڑوں کی

شکل اختیار کرتے جنھیں فرش ساری رات اُگلتا رہتا اور دیکھتے ہی دیکھتے یہ کیڑے میرے بستر میں داخل ہو کر میرے کانوں کے رستے آنکھوں سے بہنا شروع ہو جاتے۔

انہیں دنوں ایک رات خواب میں دیکھا کہ میرا دوست قبرستان میں اپنی بہن کی قبر کھود کر اُس میں سے مردہ نکال رہا ہے اور اُس کی ماں اپنے بیٹے سے میرے متعلق سرگوشی کرتی ہے کہ اُس کو اِس حرکت کی خبر نہ ہونے پائے۔

کچھ عرصے بعد واپس لوٹا تو خبر ملی کہ 302 کے کیس میں بند ملزم۔ مجرم ثابت ہونے سے قبل ہی باعزت بری ہو گیا۔

دوست کے گھر گیا تو وہاں ٹوٹے ہوئے کچے گھر کی جگہ سہ منزلہ مکان تیار کھڑا تھا جس پر خوبصورت ٹائیلیں لگائی جا رہی تھیں۔

میں باہر سے ہی پلٹ آیا اور سیدھا اُس کی قبر پر جا پہنچا۔ جہاں گارے کی لپائی کے بجائے قیمتی سنگِ مرمر سے مزین قبر تھی۔

وہ اپنی ہی قبر کے سرہانے سر جھکائے بیٹھی تیزاب کے آنسو بہا رہی تھی۔

مجھے دیکھا اور بولی:

"بھائی اُنہیں چھوڑنا مت"

میں بے یقینی کی چادر میں منھ چھپائے قبرستان سے باہر نکل آیا۔

میں تو ایک کردار ہوں منھ بولے بھائی کا اِس سے زیادہ اور کچھ نہیں۔

(۳) ڈے لائیٹ سیونگ

عاطف ملک

پس منظر: حکومتِ نے کچھ عرصہ قبل کے نام پر گھڑی کی سوئیاں ایک گھنٹہ آگے کر دی تھیں۔ یہ افسانہ اُسی فیصلے کے تناظر میں لکھا گیا۔

یہ کیسے ہو سکتا ہے، ایک لمحہ جو اُس نے گذارا نہیں، ایک پل جس میں اُس نے سانس نہیں لیا، جو اُس پر نہیں بیتا، جسے اُس نے محسوس نہیں کیا، جو اُس کے احساسات سے نہیں گذرا، جس کو اُس نے خرچ نہیں کیا اُس کے حساب سے کیسے خارج ہو گیا۔ اُس کی عمر سے کیسے منہا ہو گیا، خود بخود، بنا اُس سے پوچھے۔ ذاتی بنک اکاونٹ میں جمع رقم کہ جس پر انسان کا حقِ ملکیت ہو تا ہے، ضبط ہو جائے بغیر قصور کے، بغیر بتائے، بنا پوچھے۔ وہ یہی سوچتا رہا، اسے جلن تو نہیں کہتے مگر اِک زیاں کا احساس تو تھا۔ جیسے بوڑھے کسان سے گندم کی بوری نہ اٹھائی جائے تو جوان بیٹا کچھ کہے بغیر بوری اُٹھا لے، ایک لمحہ جو برسوں بیت جانے کا احساس دلا جاتا ہے، خاموشی کے ساتھ، چپکے سے۔ اُس نے سوچا یہ حکومت کون ہوتی ہے گھڑیوں کی سوئیاں آگے پیچھے کرنے والی، بنا پوچھے میری زندگی کا ایک گھنٹہ لے جانے والی۔

محمد یقین جب گورداسپور کے گاوں ببیل چک میں پیدا ہوا تھا تو اُس کے باپ نے اُس کا نام یقین نہ جانے کیا سوچ کر رکھا تھا۔ شاید نور محمد چاہتا تھا کہ اُس کے بیٹے کو اپنے اوپر یقین ہو۔ شاید اسی خواہش پر نور اُس کو کاندھوں پر بٹھا کر تین گاؤں پیدل سکول چھوڑ

کر اور لے کر آتا تھا۔ جب ۱۹۴۶ میں محمد یقین نے دسویں کا امتحان دیا تو اُسے یقین نہ تھا کہ وہ پاس ہو جائے گا اور آگے اُس نے کیا کرنا ہے۔ اُسے تو صرف وہ لمحہ یاد ہے کہ جب اُس نے میٹرک سیکنڈ ڈویژن پاس کیا تو نورے نے گاؤں بھر میں بتاشے بانٹے تھے اور گاؤں میں سینہ پھُلا کر فخر سے پھرا تھا کہ برادری کے پہلے دس جماعت پاس کا باپ تھا۔ بن ماں کے اکلوتے لڑکے کو اُس نے ایسا پالا تھا کہ گاؤں میں نورے کی مثال دی جاتی تھی۔

اگلے سال پاکستان بننے پر جب محمد یقین نے پیدل راوی پار کیا تھا تو اُس کے مہاجر قافلے کے تین چوتھائی لوگ راستے میں سکھوں کے حملے میں مارے گئے تھے۔ اُس کی آنکھوں کے سامنے نورے کے سینے میں برچھی آر پار ہوئی تھی، نورے کو صرف کلمہ پڑھنے کا موقع ملا تھا۔ یقین نے باپ کے سر پر بندھی سفید پگڑی کھول کر اُسی کے خون سے تر کی اور کسی مقدس شے کی مانند سینے سے لگا کر کھڑا ہو گیا۔ گاموں کمہار نے جب اُسے بت کی مانند باپ کی لاش پر کھڑے دیکھا تو ہاتھ سے پکڑ کر ساتھ کو کھینچا اور بھاگنے لگا۔ اگلے دو دن خون سے بھری وہ پگڑی یقین کے سینے سے لگی رہی، پاکستان پہنچ کر اُس نے ایک گڑھا کھود کر وہ پگڑی دفن کی اور پہلی دفعہ رویا۔

محمد یقین نے اِس آزاد مملکت میں اپنا آغاز تمام مشکلات کے باوجود بڑے یقین سے کیا۔ یہ ملک ہی اُس کے لیے سب کچھ تھا، دن میں پڑھائی اور شام کو مزدوری۔ کلیموں اور الاٹمنٹوں کی جب باری آئی تو وہ کیا الاٹ کراتا، اپنا کلیم تو وہ سرحد پار کرتے ہی دفنا آیا تھا۔ یقین نے محکمہ تعلیم میں چالیس سال نوکری کی۔ اُس نے محنت سے پڑھایا اور اُس کے شاگردوں نے ہمیشہ اُس کی عزت کی۔ عزت کے علاوہ اُس کی کمائی اُس کا اکلوتا بیٹا تھا جس کا نام اُس نے اپنے باپ کے نام پر نور محمد رکھا۔ نور محمد نے جب لاہور انجینئرنگ یونیورسٹی سے ڈگری حاصل کی تو یقین کو خوشی کے اُس لمحے کا ادراک ہوا جب اُس کے باپ نے گاؤں

میں بتاشے بانٹے تھے۔

مگر محمد یقین کا ماتھا اُس دن ٹھنکا جس دن انجینیر نور محمد نے اپنے باپ کو تمہیداً بتانا شروع کیا کہ اِس ملک میں حالات پڑھے لکھے لوگوں کے لیے ٹھیک نہیں، یہاں بے انصافیوں کے انبار ہیں۔ مگر بات تو اِس سے کہیں آگے کی تھی، نور محمد نے کینیڈا کی امیگریشن لے لی تھی، وہ اگلے ماہ نئے دیس کو ہجرت کر رہا تھا۔

محمد یقین کو ایسا محسوس ہوا جیسے اُس کے سینے میں برچھی گھونپ دی گئی ہے۔ جیسے اُس کی عمر کی سوئیاں یکایک نصف صدی آگے کر دی گئی ہیں، بنا اُس سے پوچھے، بنا بتلائے۔ اُس کے ذاتی اکاؤنٹ میں جمع رقم، اُس کی محنت، دھوپ پسینے کی کمائی یکایک ضبط ہو گئی، بنا اُس کے علم کے، بغیر کسی قصور کے۔

(۴) ادھار

عابدہ رحمانی

میں لاہور میں تھی کہ اس کا ٹیکسٹ (ایس ایم ایس) آیا۔۔ "میری بیوی کی زچگی ہونے والی ہے میں اسے فوجی فاؤنڈیشن ہسپتال میں داخل کرنے آیا ہوں۔۔ میرا ہاتھ بہت تنگ ہے بلکہ تہی دست ہوں۔ آپ میری مدد کریں میں چند روز میں آپ کو لازمی واپس لوٹا دوں گا۔۔

مجھے اس بات سے کافی اچنبھا سا ہوا وہ میرا پراپرٹی ڈیلر تھا۔ اس کے ذریعے میں نے دو سودے کروائے تھے اسنے اپنی کمیشن لی اور بات ختم ہو گئی۔۔ میرا اس سے عرصہ دراز سے کوئی تعلق نہیں تھا۔ پاکستان آمد پر ایک اور ایجنٹ سے اس کا نمبر مانگا اور یوں میرا دوبارہ رابطہ ہوا وہ بھی ایک زمین کی قیمت کی تحقیق کے سلسلے میں۔

میں نے اپنے بھائی کو اس قصے کا بتایا تو وہ اسے ایک جعل سازی سمجھے۔۔ شمالی امریکہ میں اس قسم کے قصے انٹرنیٹ اور فون پر آئے دن ہوتے رہتے ہیں۔۔ پھر بھی میں نے اسے جواب دیا کہ میں لاہور میں ہوں اور تمہاری مدد کرنے سے قاصر ہوں۔۔ چند روز بعد از راہ ہمدردی میں نے اسے ٹیکسٹ کیا "تمہاری بیوی کی طبیعت اب کیسی ہے؟

میرا بچہ پیدا ہوا تھا لیکن فوت ہو گیا اور میں بیوی کو لیکر ملتان اپنے والدین کے پاس آ گیا ہوں۔۔"

مجھے کافی افسوس ہوا اور اس سے دریافت کیا کہ اس کے اور کتنے بچے ہیں؟

جی میرے دو اور بچے ہیں۔

میں نے ان بچوں کے لئے دعائیں لکھیں۔۔

چند روز بعد اس کا فون آیا، کیا آپ واپس آگئی ہیں ؟

میرا جواب سن کر وہ مجھے مختلف سودے دکھانے کی بات کرنے لگا۔ وہ بات چیت میں کافی نارمل لگ رہا تھا۔ میں نے بھیا س کا دکھ بڑھانے کی کوئی بات نہ کی۔۔

دوپہر کو میں لیٹی تھی کہ اس کا فون آیا۔۔ میں بہت پریشانی میں ہوں خدا کیلئے مجھے پانچ ہزار عنایت کریں میں نے ایک مکان کرائے پر لگایا ہے پرسوں لازمی مجھے کمیشن مل جائے گا اور میں آپکے مطالبے سے پہلے ہی ادائیگی کر دوں گا۔۔

مجھے اس کی یہ بات بہت عجیب لگی۔۔ " تمہارا اور میرا کاروباری تعلق ہے اور اس طرح کی باتیں اسمیں ہرگز زیب نہیں دیتیں۔۔ تم اپنے کسی دوست یا ساتھی سے کیوں نہیں مانگتے ؟

جی ان سے بھی مانگتا ہوں ابھی کوئی دینے پر تیار نہیں ہے۔۔

اس کی یہ صاف گوئی مجھے بری طرح کھٹکی۔۔ "جی میں بہت مجبور ہوں اگر اسوقت آپ میری مدد کریں تو میں ہمیشہ یاد رکھوں گا اللہ آپ کو اس کا اجر دے گا۔۔ نہ جانے کیوں میں اس کی باتوں سے پسیج سی گئی۔۔ اچھا اب تو میں لیٹی ہوئی ہوں تم پانچ بجے آنا۔

ٹھیک پانچ بجے فون کی گھنٹی بجی وہ باہر دروازے پر موجود تھا۔۔ ایسا کرو میں تمہیں چیک دے دیتی ہوں میں نے اسے فون پر ہی کہا۔۔ جی آب تو بنک بند ہو چکے ہیں اگر کیش دے دیں تو بڑی مہربانی ہو گی۔۔ میں نے بٹوے کی تلاشی لی تو پانچ ہزار نکل آئے۔۔ میری چھٹی حس کہہ رہی تھی کہ یہ پیسے واپس نہیں ملنے اور اگر نہیں ملتے تو زکوٰۃ کی نیت سے دے دو۔۔

رقم لے کر میں گیٹ پر گئی تو اس سمارٹ، خوش لباس نوجوان کی جگہ ایک نحیف و نزار شخص میلے کچیلے حلیے میں کھڑا تھا۔۔ زرد آنکھوں کے گرد حلقے پڑے ہوئے، پاؤں میں ایک پرانی سی سینڈل۔۔ اسے دیکھ کر مجھے عجیب دھچکا سا لگا۔۔

اس نے مجھے ایک للچائی ہوئی نظروں سے دیکھا۔۔ "یہ تمہارا کیا حلیہ بنا ہے کیا تم نشہ کرنے لگے ہو"؟

"نہیں جی میرا ایکسیڈنٹ ہوا تھا اور پھر کاروبار ماندہ ہو گیا"۔ وہ کچھ عجیب سے انداز سے کہنے لگا۔۔

"اور تمہاری فیملی؟"

باپ تو فوت ہو گیا ہے، ماں جی ٹین میں رہتی ہے" اور بیوی بچے؟ اپنی ماں کے گھر ہیں جی لے کے آؤں گا-وہ بالکل بھول چکا تھا کہ چند روز پہلے اس نے مجھے کیا داستان سنائی تھی۔۔

جلدی جلدی وہ مجھے ایک مکان کے بارے میں بتانے لگا اور پھر یہ یقین دہانی کہ وہ میری رقم پرسوں ضرور لوٹا دے گا۔۔ میں نے اسے اتنا کہا کہ اگر تم نے یہ رقم مقررہ وقت میں ادا نہیں کی تو آئندہ مجھے اپنی شکل نہیں دکھانا اور نہ ہی کوئی رابطہ رکھنا۔۔

اس کے جانے کے بعد مجھے خیال آیا کہ مجھے آصف سے جس نے اس کا نمبر دیا تھا پوچھنا چاہئیے۔۔ کہ حقیقت کیا ہے؟ اسنے میرے خدشات پر مہر تصدیق ثبت کی اور یہ یقین دہانی کہ آپ اس رقم کو بھول جائیں۔۔ ساتھ ہی اسنے بتایا کہ وہ اسی طرح جھوٹ گھڑ کے لوگوں سے رقم لیتا رہتا ہے۔ اور پچھلے ایک سال سے اس لت میں مبتلا ہو چکا ہے۔ کیا اس کا کوئی دوست، عزیز یا ہمدرد نہیں جو اس کا علاج کرے۔ جو اس کو ذلالت کے اس دلدل سے نکالے۔؟۔

ایک ہفتہ گزرنے کے بعد میں نے اسے محض آزمانے کے لیئے ٹیکسٹ کیا"تم نے ابھی تک میری رقم واپس نہیں کی؟"

دو ہفتے گزر چکے ہیں اور وہ خاموش ہے۔۔

میری قوم کا ایک اور نوجوان اس طرح تباہ ہو رہا ہے۔۔ افسوس صد افسوس

(۵) صَیقَل

فیروز عابد

میں بہت دیر سے ان کے سامنے دوزانو بیٹھا تھا۔

وہ مراقبے میں تھے۔ خاموشی پورے کمرے میں قفل ڈالے ہوئے تھی۔

اچانک چڑیے کی چوں چوں سے خاموشی لچک لچک کر ٹوٹ گئی اور پھر کرخت لیکن درد سے پُر آواز ابھری کون؟ مراقبہ بھی چڑیوں کی چوں چوں سے شاید منقطع ہو گیا تھا۔

تم؟"

جی ہاں میں آج پھر حاضر ہوا ہوں۔۔۔ میں نے ان کی آنکھوں میں جھانک کر کہا۔۔۔ میں نے محسوس کیا کی ان کی آنکھوں میں تمنا کا کوئی بھی جال نہیں تھا اور نہ چاہت کی کوئی لکیر تھی۔

ہوں۔۔۔ ٹھیک ہے بیٹھو۔۔"

ہاں میں نے کل کیا کہا تھا"۔۔۔ قبل اس کے کہ میں کل کے سلسلے کو جوڑنے میں ان کی مدد کرتا انہوں نے خاموش رہنے کا اشارہ کیا اور گویا ہوئے۔

"ہاں وہ لمبی مسافت طے کر کے آ رہی تھی۔۔۔ نڈھال تھی۔۔۔ پریشاں حال تھی۔۔۔ دوپہر کی کڑی دھوپ کہیں سایہ نہیں آسمان پر ابر کا ایک ٹکڑا نہیں۔۔ اس ننگ دھڑنگ راستے میں دور ایک درخت تھا۔۔ قریب پہنچی، تو دیکھا اُس درخت کے نیچے ایک کتا اپنی زبان نکالے بری طرح ہانپ رہا تھا۔۔ کمزور وناتوں۔۔۔ اس نے پہلے تو

قہر۔۔۔۔ وہ تھوڑی دیر کے لئے رُکے۔۔۔

کیا کہا۔۔۔ "ابھی میں نے پوری بات کہی بھی نہ تھی کہ ان کی تھرتھراتی آواز سماعت سے ٹکرائی۔

خاموش۔۔۔ کوئی سوال نہیں بس سنتا جا اور صیقل کے عمل سے گزر سب سمجھ جائے گا۔۔۔۔ اس نے کتے کو گود میں اٹھایا اور چل پڑی۔۔۔ گھر پہنچ کر اس نے کتے کو گھر کی چوکھٹ کے قریب بٹھایا، اندر کمرے میں گئی اور پانی سے بھرا گملا لا کر کتے کے سامنے رکھ دیا۔۔ نقاہت کے باوجود کتا کھڑا ہو گیا اور پانی پینے لگا۔۔۔۔۔۔۔ لوگوں نے اس کی ہنسی اڑائی، اوباش، بد چلن، آوارہ۔۔۔۔ وہ خاموش رہی آنسو اس کی آنکھوں سے ٹپ ٹپ گرتے رہے۔۔۔ آسمان پر دور بہت دور فرشتوں نے اس کی آنسوؤں کو محسوس کیا۔۔۔ عورت نے آنکھیں آسمان کی طرف اٹھائیں۔۔۔ پتہ نہیں اس نے کیا محسوس کیا سجدے میں گر گئی۔۔۔'' سمجھا میں نے کیا سنایا۔۔ کیا بتایا۔۔ کیا راہ دکھائی۔۔۔؟"

میں خاموش رہا۔۔ وہ خاموش رہے۔۔۔ سناٹا پھر طاری ہونے لگا۔

کیا ہوا۔۔۔۔ "کچھ بول" ان کی آواز نے سناٹے کو رینگ رینگ کر باہر جانے پر مجبور کیا وہ گویا ہوئے۔۔ "تو سن مگر دماغ اور دل کو وار کھ، سینے پر ہاتھ رکھ، صیقل کرتا جا۔۔۔ یہ جو سینہ ہے اس میں بہت کچھ الگ الگ ہے۔۔۔ سب اہم ہے مگر دل۔۔۔ صیقل کر اس دل کا خون اور صاف ہو جائے گا۔۔۔ گناہ، ثواب، بد نما، خوبصورت، ذائقہ، طہارت، پاکیزگی، غلط اور صحیح سب کا علم ہو جائے گا۔۔۔ مگر دھیرے دھیرے۔۔

تو جانتا ہے۔۔۔۔۔۔۔۔۔۔۔۔ بہت عبادت گزار، بہت پرہیز گار۔۔۔ کہیں کوئی

داغ دھبا نہیں، سب کچھ صاف ستھرا اعلیٰ کردار روزہ پابندی سے۔۔۔ شرعی احکامات پر عمل۔۔۔۔ نماز ختم کی۔۔۔۔۔ سلام پھیرا اور اپنے بغل میں رکھے عصا کو اپنی طرف تاکتی بلی پر دے مارا۔۔۔۔۔ بلی لڑکھڑائی گری اور پھر جست لگا کر دیوار کے اس پار چلی گئی عبادت گزار بزرگ نے زمین کو تاکا اور تاکتے چلے گئے فرشتوں نے دیکھا بلی گریہ کناں تھی۔۔ ایک پاؤں اٹھائے آسمان کی طرف تک رہی تھی۔۔ عبادت گزار پاکیزہ صفت بزرگ کانپنے لگے۔۔۔ چلانے لگے جل گیا، بچاؤ، بچاؤ، بچاؤ۔۔۔؟

کیا ہوا، کیا سمجھا اور کیا نہیں سمجھا۔۔۔ دنیا میں جنت اور دنیا ہی میں جہنم۔۔۔ ساری عمر کی کمائی۔۔ نیکی۔۔؟ ساری عمر کی کمائی۔۔ بدی۔۔۔؟ محاسبہ کون کرے گا۔۔۔۔۔ میں اور تو دونوں ہی مٹی کے جاندار پتلے۔۔۔۔ مگر سینہ اور اس کے اندر دل بس اُسی کو صیقل کرنا ہے۔۔ اور یہی نہیں ہو رہا ہے۔۔۔۔۔ عبادت فرض مگر ساری عبادات سے افضل۔۔۔۔۔ " انہوں نے آنکھیں کھول دیں۔۔۔ سکون ان کی آنکھوں میں ایک دبیز چادر کی طرح براجمان تھا۔۔۔ انہوں نے ذرا سا کندھے کو اچکایا۔۔۔ " تو پھر آ گیا۔۔۔ کیوں آیا؟ تو نے تو شک کی نگاہوں سے مجھے دیکھا تھا۔۔۔ کیوں آیا تو بول۔۔۔۔۔۔؟ ان کی آنکھوں کا سکون تہہ بہ تہہ کم ہوتا جا رہا تھا۔۔۔ میں حیران تھا یہ اچانک انہیں کیا ہو گیا۔۔۔ اسی وقت میری پشت سے آواز آئی۔۔۔ "معاف کر دیجیے۔۔۔ میں آپ کا گناہ گار ہوں۔۔۔ مجھ سے غلطی ہوئی، میں نے آپ کو غلط سمجھا۔۔"

میں نے مڑ کر دیکھا ایک شخص پالتی مارے، ہاتھ جوڑے، سراپا قصوروار بنا بیٹھا تھا۔۔۔۔

ہم انتساب میں غلطی کرتے ہیں۔۔۔ حضرت موسیٰؑ نے کسی کے جواب میں کہا کہ

وہ سب سے زیادہ علم رکھتے ہیں۔۔۔۔ اللہ کو یہ بات ناپسند آئی۔۔۔۔۔ ان جیسے جلیل القدر ہستیوں کا علم بس اتنا ہی تھا جتنا چڑے کی چونچ میں پانی۔۔۔۔۔۔ ہم اور تم، کیا حیثیت ہے ہماری۔۔۔۔۔"

ہاں ساری عبادات سے افضل فرائض کی ادائیگی۔۔۔ دنیاوی فرائض۔۔۔۔۔ حقوق العباد۔۔۔۔ تمناؤں کی خاکستری۔۔۔ آفتاب سے ذرے تک کے حقوق کو اپنے دل و جان سے زیادہ عزیز رکھنا۔۔ خدا واحد ہے۔۔۔ اس کا کوئی شریک نہیں۔۔۔ آسمان سے زمین کے اندر تہہ در تہہ سب کچھ اُسی کا ہے۔۔۔ وہ سب جانتا ہے۔۔۔ اس کو کسی چیز کی حاجت نہیں۔۔۔ یہ عبادتیں اس کا امتحان نہیں بلکہ تیرے اور ہمارے دلوں کو فساد، فسق و فجور اور داخلی ہلاکت سے بچانے کا ذریعہ ہے۔۔۔۔ تو، میں اور ہم سب جانتے ہیں۔۔۔۔ ہر ذرے میں اُس کا ظہور ہے۔۔۔۔ گویا ہر ذرے کا وہ خالق ہے۔۔۔ پھر عبادات پر غرور کیوں۔۔۔ جھک کے ملنے کے بجائے اکڑ کر چلنا یہ کون سا استعارہ یا اشاریہ ہے۔۔۔ عبادات دلوں کے ساتھ نگاہوں میں نرمی اور پاکیزگی لاتا ہے تو پھر ان گنت رنگ کے عبادت گزار کیوں۔۔۔۔ ہمارے ہاتھوں انسانیت جاں بلب اور جاندار سراسیمہ کیوں ؟۔۔۔ سربراہی صحیح ہے مگر سربراہ کی گفتگو سے کبھی کبھی ایسا لگتا ہے کہ وہ سدرۃالمنتہیٰ تک پہنچنے کا دعویٰ کر رہے ہوں۔۔۔ تم سمجھ رہے ہو نہ میری بات میرے دوست، میرے عزیز، میرے بھائی۔۔۔۔ میرے لہجے کی اس نرمی اور گھلاوٹ سے تم حیران ہو نہ۔۔۔۔۔ دراصل لفظ اسی طرح اسی نرمی اور خلوص کے ساتھ یکے بعد دیگرے سماعت سے ٹکرانے سے روح تک شیریں ہو جاتی ہے۔۔۔ تم اپنا کام اسی محبت سے کرو۔۔۔۔۔۔ سمجھے نا؟

حضور ایک بات کہوں۔۔ میں نے بہت عاجزی سے پوچھا۔

ضرور پوچھو میرے بھائی اگر میرے علم میں ہو گی تو اس بات پر روشنی ڈالوں گا۔

"اے لوگوں: تمہارا کام بس یہ ہے کہ تم اپنے حصے کا پودا لگاتے جاؤ۔۔۔۔ دیکھنا کے ناموافق فضا میں بھی وہ پودا ایک دن گھنا پیڑ بن جائے گا۔"

میرے اس بیان کو سن کر وہ رونے لگے اور گلوگیر آواز میں کہا۔۔ "یہ تو نے کیا سنا دیا۔۔ شیر خدا، باب العلم حضرت علیؓ نے کیا خوب فرمایا۔۔ 'ناموافق فضا' لیکن کام ہر جاندار کی بھلائی کے لئے۔۔۔۔ بس یہی کرنا ہے کہ زندگی کی روح اسی میں پوشیدہ ہے۔

اچانک میری پشت سے غصے میں بھری آواز ابھری۔۔ "بس اپنی ہی بکے جا رہے ہو۔۔۔ میرے سوال کا جواب تو تم نے اب تک نہیں دیا۔۔۔ میں نے اپنے پیچھے بیٹھے آدمی کی طرف مڑ کر دیکھنا مناسب نہیں سمجھا۔

میں جا رہا ہوں۔۔۔ تم اپنی بگھارتے رہو۔۔ کہیں اور سے لے لوں گا تعویذ۔۔۔ "وہ پاؤں پٹکتا کمرے سے باہر نکل گیا۔

میں نے مڑ کر دیکھا اس کی تیز قدموں میں تھکاوٹ تھی۔۔۔ میں اُسے دیکھتا رہا یہاں تک کہ وہ مکانوں کے درمیاں تحلیل ہو گیا۔

بہت دیر تک وہ خاموش بیٹھے رہے۔۔۔ میں بھی چپ چپ سناٹے کو حکمرانی کرتے محسوس کرتا رہا۔

اچانک پھر سناٹے پر ضرب پڑی۔ 'تعویذ۔۔۔ گنڈا۔۔ سیدھا راستہ۔۔ صراط مستقیم۔۔۔ کون صحیح۔۔۔ کون غلط۔۔۔ ان گنت فرقے۔۔۔ لا تعداد گروہ۔۔۔۔ مذہب ایک۔۔۔ کیا ہو گا ہمارا؟

بہت دور سے اذاں کی آواز آنے لگی۔۔ وہ خاموش ہو گئے۔۔ اذاں ختم ہو گئی اور وہ خاموش خاموش بیٹھے رہے اچانک سر اٹھایا اور کہا۔۔ "جاؤ عصر کی اذاں ہو گئی۔۔۔ مسجد

یہاں سے دور ہے۔۔"

عصر کی نماز کے بعد میں پھر ان کے کمرے میں داخل ہوا وہ سر جھکائے دوسری طرف منہ کئے بیٹھے تھے انہوں میری آہٹ پر اپنا چہرہ گھمایا اور بہت آہستگی سے کہا مغرب پڑھ کر ہی آتے۔۔۔"

جی میں نے نماز نہیں پڑھی صرف جمعہ کی پڑھتا ہوں۔"

تم سے سب خوش ہیں۔۔؟ کوئی تناؤ۔۔۔؟ کوئی بھید بھاؤ؟ کوئی فرقہ یا پھر۔۔۔۔۔۔"

سب کو خوش کون رکھ سکتا ہے۔۔۔۔۔"

صحیح۔۔۔ مگر جیسا کہ تم نے کہا ،ناموافق فضا میں پودا لگانا۔۔۔وہ تو کر رہے۔۔ ہونا۔۔؟

شکایت کا موقع نہیں دیتا مگر کبھی کبھی غصے پر قابو بھی نہیں رہتا۔۔۔"

غصہ۔۔۔

مغرب کی اذاں ہو رہی تھی۔۔۔ آواز بہت دھیمی تھی۔۔وہ پھر خاموش ہو گئے اور میں ان کے کمرے سے باہر نکل آیا۔

گلیوں سے گزرتا شاہراہ پر آ گیا مسجد بہت دور تھی زندگی اسی طرح دوڑ بھاگ رہی تھی۔۔ سڑک ہنگاموں کی جائے پناہ بنی ہوئی تھی۔۔ ہر شخص ایک دوسرے سے بے نیاز تھا۔۔۔ ہر چیز ہوا کے دوش پر اڑ رہی تھی سب الگ الگ مگر سب گتھے ہوئے اور گڈمڈ، پھر اس سے آگے میری سوچ جلنے لگی۔۔۔۔۔

میں چلتا رہا۔۔ایک فریم ساز کی دکان پر فریموں کو دیکھنے لگا۔۔۔ فریم شدہ بہت ساری تصویریں ایک فریم کے اندر شاعر اقبال کنپٹی پر انگلیاں رکھے سوچ رہے

تھے۔۔۔نیچے یہ اشعار تھے

اقبال کو پڑھا ہے بہت پڑھا ہے مگر ان سارے فریموں کے اندر جو کچھ ہے اس کے درمیان اس فریم کی تحریر پھر پڑھی تو بہت سارے باب روشن ہو گئے۔۔۔

واپس پلٹا اور گلیوں سے گزرتا ان کے کمرے تک آیا کچھ لوگ دروازے پر جمع تھے کچھ اندر کمرے میں تھے، ان میں وہ شخص بھی تھا جو تعویذ لینے آیا تھا اور غصے میں واپس چلا گیا تھا۔۔ سبھی حیران تھے۔۔ سبھوں کے چہروں پر ایک عجیب خاموشی طاری تھی۔۔۔۔

وہ سجدے کی حالت میں تھے۔۔۔

میں نے پوچھا کیا ہوا۔۔۔لوگوں نے کہا ان سے پوچھیے۔۔۔اشارہ اُسی شخص کی طرف تھا۔ جب حضرت چیخ رہے تھے اور رو رہے تھے تو یہی صاحب اکیلے ان کے کمرے میں تھے۔۔

کیا ہوا تھا بھائی۔۔"میں نے پوچھا

اُس شخص نے ڈرتے ڈرتے کہا میں کیا بتاؤں۔۔۔

میں نے تو صرف اتنا کہا کہ مجھے معاف کر دیجیے۔۔۔میں غلط تھا۔۔اور آپ نے جو کچھ کہا تھا وہ سچ تھا۔۔۔۔

مغرب کی نماز پڑھ کر وہ آنکھیں بند کئے کچھ سوچ رہے تھے۔۔۔۔میں نے جونہی اپنی بات کہی پہلے تو انہوں نے حیرانگی سے مجھے دیکھا اور پھر اپنی دونوں مٹھیاں کس لیں اور سینے پر زور زور سے مارنے لگے۔۔ صیقل۔۔ صیقل۔۔ صیقل۔۔۔ابھی بھی اسے صیقل کی ضرورت ہے۔۔خدا مجھے معاف کر دے۔۔۔مرے وجود کا داخلی حصہ اب تک صیقل ہوا ہی نہیں تو پھر یہ وَعظ و نصیحت کیسی۔۔خدا مجھے معاف کر دے۔۔معاف کر دے۔۔روتے روتے سجدے میں گر گئے۔۔

سب خاموش تھے۔۔۔میں آہستہ آہستہ ان کے قریب گیا۔۔میں نے انہیں دھیرے دھیرے آواز دی۔۔وہ اسی حالت میں رہے۔۔۔۔میں نے ہمت کر کے بس ہلکے سے ان کے سر کو جنبش دی، وہ داہنی طرف لڑھک گئے۔۔۔۔دونوں مٹھیاں اسی طرح ان کے سینے پر تھیں۔۔۔۔ہونٹ اسی طرح ایک دوسرے سے الگ تھے۔۔۔۔جیسے کہہ رہے ہوں۔۔۔ صیقل۔۔ صیقل۔۔ صیقل۔۔۔۔اور آنکھیں کھلی ہوئی تھیں۔۔۔۔روح آنکھوں سے نکل کر دور فضا میں گم ہو گئی تھی۔۔۔

شاید انہوں نے صیقل کے سارے مراحل طے کر لیے تھے۔۔۔۔۔!!!

(۶) طوائف

ریاض شاہد

وہ سب اس کمرے میں صبح سے یوں بیٹھے تھے جیسے پولیس کی جیل گاڑی میں قیدی بیٹھے ہوئے اپنے اپنے سنگین مقدمات کی عدالت میں پیشی کا انتظار کر رہے ہوں۔ گاہے گاہے ایک دبلے پتلے جسم اور سالخوردہ شلوار قمیض میں ملبوس چپراسی نما ہرکارہ آ کر کسی امیدوار کا نام پکارتا تو وہ نروس انداز میں اپنے لباس کی شکنیں درست کرتا بالوں پر ہاتھ پھیرتا اندر چلا جاتا۔ صبح سے پلاسٹک کی اس کرسی پر بیٹھے انتظار کرتے ساجد کے کولہے سن ہو چکے تھے۔ کمر اور گردن کے پٹھوں میں بھی شدید اینٹھن ہو رہی تھی۔ ٹائی کی گرہ کا پھندہ تنگ ہونے کی وجہ سے دم گھٹ رہا تھا اور چہرہ سرخ ہو رہا تھا جس پر جون کی گرمی سے پسینہ بہ کر کتے کے کانوں کی طرح مڑے ہوئے کالر کو مزید داغدار بنا رہا تھا۔ اس نے گرہ قدرے ڈھیلی کی لیکن گھٹن بدستور قائم رہی کہ پرانی قمیض دھل دھل کر اب تنگ ہو گئی تھی اور قمیض کا کالر بھی تنگ ہو چکا تھا، لیکن اس کا بٹن وہ اس ڈر سے نہیں کھول رہا تھا کہ نجانے کب اندر سے بلاوا آ جائے اور دیر سے اندر جانے پر کہیں جاب انٹرویو لینے والے حاجی صاحب کا موڈ نہ خراب ہو جائے۔ پیٹ میں اگرچہ بھوک کی وجہ سے درد ہو رہا تھا کہ صبح جلدی پہنچنے کی خاطر چائے کا محض ایک کپ پی کر نکلا تھا۔ دوپہر کو لنچ کرنے کو جب دل چاہا تھا تو اس نے جیب میں پڑے سو کے نوٹ کو مٹھی میں جکڑ لیا تھا کہ یہ بھی ہوسٹل کے ایک دوست سے ادھار مانگ کر لایا تھا اگر کھانا کھا لیا تو پھر واپسی پہ پیدل جانا

پڑے گا۔ یہ اس کا کوئی پچاسواں انٹرویو تھا۔ اسے ایم بی اے کیئے دو سال ہو چکے تھے لیکن ملازمت کا ہنوز کوئی پتہ نہیں تھا اوپر سے ریفرنس کوئی نہیں تھا۔ پتہ نہیں وہ ریفرنس کہاں سے ملے گا جو اسے جھٹ سے ملازمت کا اہل کر دے۔

آخر کار اس کے نام کی آواز پڑی تو امید و بیم کی کیفیت میں کمرے میں داخل ہوا۔ اندر داخل ہوتے ہی ایئر کنڈیشنر کی خنکی، ائر فریشنر کی مہک اور دفتر کی سجاوٹ سے اسے یوں محسوس ہوا جیسے وہ کسی تپتی ہوئی بھٹی سے کسی ایسی جگہ پہنچ گیا ہو جہاں ہوائیں کسی جنت کی وادی سے آتی ہوں اور اس میں بیٹھے انسان کسی اور دنیا کے باسی۔ کتنے خوش قسمت لوگ ہیں یہ، اس نے دل میں سوچا۔

کمرے میں یوں تو تین افراد انٹرویو کے لیئے موجود تھے لیکن ان میں سب سے بھاری بھر کم شخصیت حاجی صاحب کی تھی۔ حاجی صاحب نے ایک نظر اس کے حلیئے پر ڈالی اور گویا ہوئے

ہاں تو نوجوان تم اس نوکری کے لیئے اپنے آپ کو موزوں کیوں سمجھتے ہو؟

سر میرا تعلیمی ریکارڈ بہت اچھا رہا ہے اور میں زندگی میں آگے بڑھنے کا عزم رکھتا ہوں

یہ عزم کس قدر پختہ ہے ہے؟ کیا کچھ بھی کر سکتے ہو؟ حاجی نے بھی کی ی کو لمبا کرتے ہوئے کہا۔

ساجد کے تصور میں اس کے ریٹائرڈ سکول ٹیچر نمازی باپ کا باریش چہرہ آگیا جس نے ساری زندگی حق حلال کی کمائی کی تھی لیکن اس کی چادر ہرگز اتنی لمبی نہ تھی کہ دو وقت کی روٹی کے علاوہ کسی اور ضرورت کا تن ڈھانک سکتی۔ پیٹ کی اینٹھن اور لنڈے کی ٹائی کے نیچے دم گھوٹتی قمیص کے کالر نے اس کی زبان کو مہمیز دی،

سر کسی بھی حد تک۔

کسی بھی حد تک ؟ کیا تمہیں یقین ہے ؟

ہاں جی کسی بھی حد تک

حاجی صاحب داڑھی پر ہاتھ پھیرتے ہوئے معنی خیز انداز میں اپنے دائیں جانب بیٹھے مینجر کو دیکھ کر مسکرائے اور انہیں کوئی اشارہ کیا

حاجی صاحب نے زندگی کا آغاز شیخوپورہ کی ایک مل میں مزدور کی حیثیت سے کیا تھا اگرچہ وہ بی اے تھے لیکن پتہ نہیں ان کی قسمت تھی یا کیا کہ جوتیاں چٹخانے کے باوجود انہیں کہیں نوکری نہ ملی۔ وہ شاید مزدور ہی فوت ہو جاتے یا یوں گھسٹے گھسٹے زیادہ سے زیادہ فورمین کے عظیم الشان عہدے تک چھلانگ لگا لیتے لیکن یہ چودھری سکندر تھا جس نے اسے ایک دن بلا کر عملی زندگی کا سبق دیا۔

پتر تیرے باپ نے گاوں والوں کی، میری اور میرے باپ کی بہت خدمت کی تھی ساری حیاتی، وہ وفادار رہا۔ شیدے میراثی کا قتل جو میرے چچا کے ہاتھوں ہوا تھا وہ غلطی سے اس کے سر پر چلا گیا اور پھانسی چڑھ گیا۔ تجھے اُس وقت بھی سمجھایا تھا لیکن تیرا خون گرم تھا تجھے سمجھ نہیں آئی، تو ہم سے بدگمان رہا، لیکن اب بھی وقت ہے میرا کہنا مان اور جو میں کہتا ہوں کرتا جا، دیکھ زندگی میں ترقی کرے گا وگرنہ دیکھ اسی طرح محتاج مر جائے گا۔ حاجی صاحب بھی اس وقت تک عسرت کے تھپیڑے کھاتے کھاتے بال سفید کیئے زندگی کی دوڑ میں ہانپ رہے تھے۔ کیا کرنا ہے ؟

بس کرنا کچھ نہیں یہ جو گورنمنٹ کی جوتے بنانے کی مل ہے نا اس میں میری مرضی چلنی چاہئیے،

جناب آپ مالک ہیں سرکار اور ہم آپ کے غلام جو کہیں گے ویسا ہی ہو گا۔

اس دن کے بعد سے اس مل میں روز کوئی نہ کوئی ہنگامہ ہو جاتا کبھی کسی اہم مشین کا پرزہ اچانک ٹوٹ جاتا جو امریکہ یا جرمنی سے آتا ہے تو کبھی کسی مزدور کے دیر سے آنے پر تنخواہ کٹنے کی سزا کے نتیجے میں ہڑتال ہو جاتی۔ محض دو سال میں یہ یونٹ جو پہلے ہی خسارے میں چل رہا تھا لیکن گورنمنٹ اسے لشٹم پشٹم کھینچ رہی تھی بالکل ہی بیٹھ گیا۔ گورنمنٹ نے تنگ آ کر اسے بیچ کر جان چھڑانے کا سوچا۔ پرائیویٹائزیشن ہوئی تو کوئی سرمایہ کار اس علاقے میں اپنا سرمایہ لگانے کو تیار نہ ہوا کہ اس علاقے میں پہلے ہی جرائم کی شرح زیادہ تھی، لوگ اکھڑ مزاج تھے، ویسے بھی یونٹ کی تاریخ کچھ اتنی نیک نام نہ تھی۔ چودھری سکندر جس نے باپ کی موت کے بعد تیزی سے سکڑتی زمین کو دیکھ اب سیاست میں منہ مارتے مارتے ایم پی اے کی سیٹ حاصل کر لی تھی یہ مل اونے پونے داموں حاجی صاحب کو بطور فرنٹ مین استعمال کرتے ہوئے خرید لی ویسے بھی جب اندھا ریوڑیاں بانٹتا ہے تو دیکھتا نہیں، تو کسی نے پڑتال نہیں کی کہ حاجی صاحب کے پاس پیسہ کہاں سے آیا، گورنمنٹ نے جان چھڑا سکھ کی سانس لی۔ چوہدری سکندر نے بھی لکھت پڑھت نہیں کی کہ چوزہ بچ کے کہاں جائے گا ویسے بھی آجکل اسمبلی میں اثاثوں کی جانچ پڑتال زیادہ ہو رہی تھی ادھر ٹی وی چینل ہر بات کو لے اڑتے تھے۔ تین سال بعد جب چودھری سکندر ایک ٹریفک کے حادثے میں انتقال ہوا تو حاجی صاحب نے مل پر حق ملکیت جتاتے ہوئے مل پر مکمل قبضہ کر لیا اور چودھری سکندر کی بیوہ کسی اولاد نرینہ کی غیر موجودگی میں محض سرکار دربار میں عرضیاں ہی دیتی رہ گئی۔

حاجی صاحب نے اب تک زندگی میں آگے بڑھنے کا گر سیکھ لیا تھا اور وہ تکلیف دہ حد تک عملیت پسند ہو چکے تھے۔ ایکیونٹ سے جب مناسب جگہ پر رشوت، خوشامدانہ خوش

خلقی اور " چمڑے "کا تڑکا لگا تو ایک مل سے مزید ملوں کے بچے یوں پیدا ہوتے چلے گئے جیسے خرگوشوں کی آبادی میں اضافہ ہوتا ہے۔ اب وہ لاہور ڈیفنس میں دو کنال کے ایک بنگلے میں رہتے تھے۔ یورپ کا چکر لگاتے واپسی پر حج بھی کر لیا تھا داڑھی رکھنے کے بعد موقع بے موقع ماشا اللہ اور الحمد اللہ قرات سے ادا کرتے تھے اور حاجی صاحب کہلاتے تھے، محفل میلاد گھر پر بڑی باقاعدگی سے منعقد کراتے لیکن بالا طبقے کے افراد کو خوش رکھنے کا ہنر جانتے تھے۔

حاجی صاحب کی کرگسی نظر نے ساجد کے اندر چھپی ہوئی ذہانت اور مجبوری کے نتیجے میں ضمیر کا رسہ تڑاتے خواہش کے منہ زور حیوان کو پہچان لیا تھا۔ باقی افراد کے انٹرویو بس نام کے ہی ہوئے، شام تک مینجر ہیومن ریسورس کا پروانہ اس کے ہاتھ میں تھا، پچھتر ہزار روپے تنخواہ مقرر ہوئی اور ساتھ نئی کرولا بمعہ ڈرائیور کے۔ ایک آدھ ماہ بعد اسے والٹن گلبرگ میں ایک فرنشڈ فلیٹ بھی کرائے پر مل گیا جو کہ کسی ریٹائرڈ فوجی افسر کا تھا لیکن اسے ریٹائرمنٹ کے بعد اپنے بچوں کی تعلیم مکمل کرنا تھی اس لیئے وہ اسے کرائے پر چڑھا خود اپنی فیملی کے ہمراہ واپڈا ٹاون کی نواحی بستی میں ایک کم کرائے کے چھوٹے سے گھر میں منتقل ہو گیا تھا۔ ساجد اس نئی کمیونٹی میں آکر یوں محسوس کرنے لگا جیسے اس نے عسرت کے اس منحوس ٹیکے کو جو بدبختی کے ٹھپے کی طرح اس کی پیشانی پر وقت پیدائش سے چسپاں تھا ہمیشہ کے لیئے اتار پھینکا تھا۔

دفتر میں یوں تو وہ مینجر ہیومن ریسورس تھا لیکن زیادہ تر کام حاجی صاحب اسے خود ہی فون پر بتا دیتے تھے جو اگرچہ اس کے کرنے کے نہیں تھے لیکن اسے کرنے کا کہتے تھے اس لیئے مزدوروں سے متعلق زیادہ تر معاملات اس کا اسسٹنٹ ہی دیکھتا۔ مثلاً پہلے پہل

اس کے اضافی کاموں میں صرف مل کے لیئے بنک سے کیش لانا اور جمع کرانا تھا۔ لیکن ہوتے ہوتے اتنے سال گذر جانے کے وہ تقریباً تمام ایسے کام انجام دے رہا تھا جو اس کے فرائض میں شامل نہیں تھے۔ مل میں کسی مزدور کے مشین میں آ جانے سے موت کے نتیجے میں پیدا ہونے والی الجھنوں مثلاً لیبر ڈیپارٹمنٹ کے انکوائری افسر کا منہ نوٹوں سے بند کرنا، اخباری اور ٹی چینلوں کے صحافیوں کی زبان بندی کا انتظام کرنا، مقامی پولیس اور تھانے دار کی سرکاری اور غیر سرکاری ضروریات سے نمٹنا، مل کے ارد گرد کی آبادی ویلفیئر کے نام پر بھیک بانٹنا کہ ان کی ہمدردیاں مل مالکان کے ساتھ رہیں، سرکاری و غیر سرکاری افسر اور، باہر سے آنے والے امیر گاہکوں کی ہر قسم کی "راحتوں" کا لاہور اور دوسرے صحت افزا مقامات پر بندوبست۔ حاجی صاحب کی بیگم کے نخرے اور دوبئی میں شاپنگ کی ہمراہی اور ان کے بچوں کی معزز ڈرائیوری۔ اب وہ حاجی صاحب کا نفس ناطقہ بن چکا تھا حتی کہ بعض اوقات وہ صبح آئینے میں شیو بنانے کھڑا ہوتا تو اسے یوں محسوس ہوتا کہ وہ ایک چھوٹا سا حاجی ہے لیکن جلد ہی اس کی زندگی میں بکھری خوشبودار راحتیں اس احساس کو مدھم کر دیتیں۔

زندگی میں راحت آئی تو اس کے چہرے پر نکھار خود بخود آ گیا۔ غربت کے دور کے ٹریڈ مارک آم کی طرح چسا ہوا چہرہ اب پُر گوشت ہو گیا تھا، لہجہ پُر اعتماد اور نشست و برخواست سے ایک تیقن جھلکتا تھا۔ زندگی مزے سے بسر ہو رہی تھی کہ ایشل نے آ کر اس کی زندگی میں ہلچل مچا دی تھی۔ یوں تو وہ اس کی مل کی اشتہاری فرم ریڈ کمونیکیشن میں محض ایک سیکرٹری تھی لیکن اس کی ابتدائی زندگی کے چند سال انگلینڈ میں بسر ہوئے تھے جہاں سے اس کا پاکستا نیپلمبر باپ اس کی ماں سے علیحدگی کے بعد اسے لے کر سمن

آباد کے ایک فلیٹ میں لے آیا تھا۔ وہ ابھی اے لیول کر کے فارغ ہوئی تھی کہ اس کے باپ کا انتقال ہو گیا۔ اس کے حسن میں اس کی برٹش ماں کے رنگ و روپ کا شعلہ سا لپکتا تھا جسے اس کا برٹش انگریزی لہجہ سہ آتشہ بناتا تھا۔ جب سے اس نے ریڈ کمیونیکیشن میں ملازمت اختیار کی تھی ساجد وہاں ہر دوسرے تیسرے روز کھنچا چلا جاتا تھا۔ اب پتہ نہیں یہ ساجد کا دیہاتی بیک گراونڈ تھا، ایشل کا حسن تھا یا اس کے باپ دادا کے خون میں صدیوں سے رچی خوئے غلامی جو سفید رنگت اور انگریزی لہجے کے سامنے رکوع میں چلی جاتی تھی لیکن ساجد یہی سمجھتا تھا کہ اسے ایشل سے سچی محبت ہو چکی ہے اور اس سے شادی کی خواہش کا اظہار کیا۔ ایشل کو بھی پتہ نہیں ساجد کی آنکھوں جھانکتا والہانہ پن بھایا یا پھر اس کے مستقبل میں ترقی کے امکانات نے متاثر کیا کہ اس نے بھی شادی کے لیئے ہاں کر دی۔ اور یوں وہ منگنی کے بندھن میں بندھ گئے

ساجد شاید نوٹس نہ لیتا لیکن یہ تیسری دفعہ تھا کہ ایشل کو مختلف جگہوں پر دیکھ چکا تھا کہ اس کے دل میں حسد کی آگ سی فروزاں ہو گئی تھی۔ پہلی مرتبہ اس نے دوپہر کے وقت مال روڈ پر ایشل کو اپنے باس کے ہمراہ ایک کیفے کے سامنے اترتے دیکھا وہ دونوں کسی بات پر ایک دوسرے کو دیکھ کر ہنس رہے تھے، دوسری دفعہ آواری ہوٹل میں ایک پارٹی پر اس کا باس اسے ایک موٹے مل مالک شیرازی متعارف کروا رہا تھا، شیرازی نے ہاتھ ملاتے ہوئے اس کا ہاتھ دیر تک پکڑے رکھا تھا اور اس کی آنکھوں میں جو ہوس تھی وہ اسے ایک گدھ سے مشابہ بنا رہی تھی۔ تیسری دفعہ وہ لیبر ڈیپارٹمنٹ میں کسی دفتری کام سے آئی ایک سرکاری افسر سے مسکرا مسکرا کر باتیں کر رہی تھی اور اس کے بعد وہ دونوں نے وہیں لنچ بھی کیا اور وہ باہر بیٹھا شیشے میں سے یہ سب دیکھ کر اُٹھ گیا۔

اس دن بادشاہی مسجد کے پہلو میں ایک بازار میں واقع اس ریستوران کی چھت پر جس میں اس شہر کے نو دولتیے کلچرڈ کہلانے کے شوق میں آتے تھے وہاں سورج کی سرخ ٹکیہ جب افق کے سمندر میں ڈوب رہی تھی اور شام کا ملگجا اندھیرا کسی سیاہ عفریت کی طرح شہر پر چھاتا جا رہا تھا اور بیرا ان کے سامنے برتن لگا کر جا چکا تھا ساجد نے ایشل سے کہا:

میرا خیال ہے کہ اب تم ملازمت چھوڑ دو۔

کیوں؟ ایشل نے کھڑے بازو کی ہتھیلی کے پیالے میں شفق کی کرنیں منعکس کرتا اپنا روشن چہرہ دھرتے اور مسکراتے ہوئے کہا

میرا خیال ہے کہ اس کا ماحول تمہارے لیئے مناسب نہیں ہے۔

اس سے پہلے تو تم نے کوئی اعتراض نہیں کیا کبھی؟

پہلے کی بات اور تھی۔ ساجد نے آنکھیں میں سختی لیئے اور ہاتھ میں پکڑی کھانے کی چھری کی دھار پر اپنا انگوٹھا دباتے ہوئے ہوئے کہا۔

دیکھو ساجد ملازمت مجھے معاشی تحفظ کے علاوہ مجھے میرے ہونے کا احساس بھی دیتی ہے ویسے بھی میں نے کبھی کچھ غلط نہیں کیا۔ ایشل نے قطعی لہجے میں کہا۔

اور وہ جو تمہارا باس تمہیں پارٹیز میں نمائش کے لیئے لے کر جاتا ہے اپنے رکے ہوئے کام نکلوانے کے لیئے سرکاری دفاتر میں بھیجتا ہے وہ؟

تم جانتے ہو کہ وہ سب میری ملازمت کا حصہ ہے میں کوئی ڈاکٹر یا انجنیئر نہیں ہوں کہ اپنا کوئی آزادانہ کام کر سکوں۔ ایسے میں ایک اے لیول پاس لڑکی کو اتنی اچھی ملازمت کوئی کیوں دے گا۔ ویسے بھی اگر محض میری ایک مسکراہٹ سے میرے دفتر کا کام نکل سکتا ہے تو اس میں کیا حرج ہے؟

ساجد وہ جو اب تک، زندگی کے اب تک کے ہر قدم پر، ہر کام بڑی مہارت سے

نکلواتا آیا تھا، بڑے بڑے اکھڑ افسروں کو جھکایا تھا، اس کی انا گزرے وقت کے ساتھ اب اتنی خود سر ہو چکی تھی کہ انکار اور وہ بھی محض ایک لڑکی سے، سن کر، رگوں میں دوڑتا خون اس کی کنپٹیوں میں دھماکے کرنے لگا۔ غصے اور جنوں کے عالم میں اس کے انگوٹھے نے کھانے کی چھری کی دندانے دار کند دھار پر اپنا دباؤ شدت سے بڑھا دیا آنکھوں میں، وہ ایک لمحہ، جس میں انسانی آنکھوں میں ایک حیوانی چمک ہوتی ہے، لیئے ہوئے اس کے منہ سے نکلا:

مجھے اب احساس ہوا کہ تم لڑکی نہیں ایک طوائف ہو

ایشل کا منہ کھلے کا کھلا رہ گیا اور چہرہ صدمے کی شدت سے سفید پڑ گیا۔ اس نے اپنا لیڈیز بیگ کندھے پر رکھا اور اس کی ڈوریوں کو اتنی شدت سے بھنچا کہ یوں لگا کہ اس کی انگلیوں کے پوروں سے ابھی خون بھل بھل بہنے لگے گا

مسٹر ساجد، میر خیال تھا کہ میں یہاں مشرق میں سچی محبت پا سکوں گی لیکن شاید میں غلط تھی، اس خطاب کا شکریہ، وہ مڑی اور اونچی ہیل سے فرش پر زور زور سے کھٹ کھٹ کرتی سیڑھیاں اتر گئی۔ ساجد کسی زخم کھائے ہوئے درندے کی طرح نتھنوں سے آگ نکالتا وہاں بیٹھا رہ گیا۔

تو اس وقت ریستوران کی چھت پر سے نظر آنے والے، بادشاہی مسجد کے گنبدوں پر بسیرا کرنے والے کبوتر، جب اپنے پروں کو پھڑ پھڑاتے غٹر غوں غٹر غوں کی زبان میں خدائی محبت کا گیت الاپ رہے تھے، اس وقت، اس مسجد کے پہلو میں نیچے بازار کے کسی کوٹھے سے گھنگھروؤں کی چھنکار کے ساتھ بجتے عامیانہ سے فلمی گانے کی آواز ہوا کے دوش پر اس کے کانوں آ رہی تھی۔

(۷) بولتی ناگن

ڈاکٹر سلیم خان

جھمرو کا خیمہ شادباد تھا۔

لوگ اس سے بے سر پیر کے سوالات کر رہے تھے اور وہ ان کے اوٹ پٹانگ جوابات دے رہا تھا پھر بھی ہر کوئی خوش تھا۔ وقفے وقفے سے ہنسی کے فوارے چھوٹتے اور قہقہے بلند ہوتے۔ بازار کی گہما گہمی سے تھک کر ستانے کے لیے لوگ جھمرو کے پاس وقت گزاری کے لیے آجاتے تھے اور ان کے آنے سے جھمرو کا بھی ٹائم پاس ہو جاتا تھا۔ لوگ اپنی مرضی سے وہاں آتے اور اپنی سہولت سے نکل جاتے نہ کوئی انہیں آنے کے لیے کہتا اور نہ جانے سے منع کرتا لیکن برکت کا یہ عالم تھا کہ جتنے لوگ اٹھ کر جاتے تقریباً اتنے ہی نئے آجاتے۔ محفل کی رونق رات گئے تک بدستور قائم و دائم رہتی۔ یہاں تک کے بازار اٹھ جاتا اور جھمرو اپنے کام میں جٹ جاتا۔

اس دوران کسی نے پوچھا جھمرو چاچا وہ ناگن کا کیا قصہ ہے؟ سنا ہے اس کے سپیرے نے ہی اسے ---------

جی ہاں تم نے صحیح سنا ہے۔ سپیرے نے نہیں بلکہ اس کے اناڑی لڑکے نے۔ ویسے سپیرے کا لڑکا بھی سپیرہ ہی ہوتا ہے اس لئے تمہاری بات بھی درست ہے۔

دوسرے شخص نے سوال کیا۔ بھئی ہم نے کچھ بھی نہیں سنا۔ ہمیں بھی تو پتہ چلے کہ ماجرہ کیا ہے؟

اگر نہیں پتہ تو یہ تمہارے حق میں بہتر ہے اس لئے کہ کچھ معاملات میں آگہی کا کرب لاعلمی کی محرومیت سے کہیں زیادہ ہوتا ہے۔

تیسرے نے ہنستے ہوئے کہا آج تو جھمرو چاچا کے اندر کسی فلسفی کی روح سرائیت کر گئی ہے۔نہ جانے کیسی بہکی باتیں کرنے لگے ہیں۔

ایک ہلکا سا قہقہہ بلند ہوا لیکن اس میں جھمرو شامل نہیں تھا۔ یہ دوسری حیرت انگیز بات تھی ورنہ سب سے پہلے ہنسنے والوں میں سے ایک جھمرو ہوتا تھا۔

ایک اور شخص بولا کہیں جھمرو بابا آج اس ناگن کا سوگ تو نہیں منا رہے ہیں؟

کسی اور نے کہا اس ناگن سے آپ کو کوئی خاص۔۔۔۔۔۔۔۔

جھمرو نے ڈانٹتے ہوئے کہا کیا بکتے ہو چپ کرو اور پھر فوراً اپنے آپ کو سنبھال کر بولا آپ لوگ اس بیچاری ناگن کے پیچھے کیوں پڑ گئے۔کوئی اور بات کیوں نہیں کرتے؟

جھمرو کو اس قدر غمگین لوگوں نے کبھی بھی نہیں دیکھا تھا وہ بولے معاف کرنا جھمرو چاچا غلطی ہو گئی لیکن اب ہم ناگن کے بارے میں جانے بغیر یہاں سے نہیں ٹلیں گے۔

جھمرو بولا چھوڑو، وہ لمبی کہانی ہے۔ بازار بند ہو جائے گا تم لوگوں کا سودہ سلف چھوٹ جائے گا۔ چلو پھر کبھی۔۔۔۔۔

جی نہیں آج اور ابھی۔ اس بار بہت ساری آوازیں ایک ساتھ اٹھیں

اچھا اگر ایسا ہے تو میری بھی ایک شرط ہے؟

وہ کیا؟

یہی کہ بیچ میں سے کوئی اٹھ کر نہیں جاسکتا۔اگر کسی نے ایسا کیا تو۔۔۔۔۔۔

تو کیا؟

تو اژدھا اسے نگل جائے گا اس لئے کہ وہ ابھی بھی زندہ ہے۔

لوگوں کی سمجھ میں کچھ نہیں آیا۔ وہ سوچنے لگے اژدھا نگل جائے گا کیا مطلب؟

جھمرو نے زوردار قہقہہ لگایا اور بولا کیوں ڈر گئے نا سب لوگ؟ جاؤ جا کر اپنا کام کرو۔ چھوڑو ناگن کو اور اس کی کہانی کو۔۔۔۔۔۔

ہم نہیں ڈرے اور ہم نہیں جائیں گے آج آپ کو اس کی کہانی سنانی ہی ہو گی۔

اچھا تو تم سب کو میری شرط یاد ہے؟

سب نے ایک آواز ہو کر کہا جی ہاں۔

اور منظور بھی ہے۔

جی ہاں ہمیں منظور ہے۔

جھمرو نے قصے کا آغاز کر دیا۔ ڈمرو مداری دور کے رشتے میں میرا بھائی ہے۔ نہ جانے کیا سوچ کر میرے چچا نے اس کا نام ڈمرو رکھ دیا تھا اس لئے کے ہم محنت مزدوری کرنے والے لوگ ہیں۔ کھیل تماشہ ہم نہیں کرتے۔ اس کام کو ہم نے سیاستدانوں کے لیے چھوڑ رکھا ہے۔ لوگوں کے چہرے پر ہنسی مسکرانے لگی محفل پھر سے اپنے رنگ پر آنے لگی تھی۔

ہوا یوں کہ ایک روز ڈمرو جنگل میں شکار کے لئے گیا ہوا تھا تا کہ گھر میں گوشت پک سکے۔ شام تک وہ مارا مارا پھرتا رہا لیکن کوئی مناسب جانور اس کے ہاتھ نہیں آیا آخر تھک ہار کر وہ ایک پیڑ کے نیچے سو گیا۔ کچھ دیر بعد شور بلند ہوا۔ بولتی ناگن مردہ باد، بولتی ناگن مردہ باد اور چیونٹیوں کی آبادی میں ہلچل مچ گئی۔ بولتی ناگن کی پسندیدہ غذا یہ لال بھڑک چیونٹیاں ہی تھیں۔ چیونٹیاں اپنی جان بچا کر بھاگ رہی تھیں اور ناگن جلدی جلدی سپاسپ انہیں چٹ کر رہی تھی۔ اس سے پہلے کہ چیونٹیوں کی یہ آبادی کسی محفوظ ٹھکانے

پر پہنچتی ناگن کئی چیونٹیوں کو اپنا تر نوالہ بنا چکی تھی۔

ناگن نے ان کا پیچھا نہیں کیا اس لئے کہ اس کا اژدھا وہیں ڈمرو کے بغل میں محو خواب تھا وہ اسے سوتا چھوڑ کر نہیں جا سکتی اس لئے بہت ساری چیونٹیوں کی جان بچ گئی لیکن اس بھاگو بھاگو اور مردہ باد کے شور شرابے سے ڈمرو کی آنکھ کھل گئی۔ اس نے دیکھا ایک موٹا تازہ اژدھا اس کے بغل میں آرام فرمارہا ہے۔ ڈمرو گھبرا گیا اور اس نے جھٹ اپنا رام پوری چاقو نکالا تاکہ اژدھے کے سر میں گھونپ دے۔ اس سے پہلے کہ وہ اپنے ارادے کو عملی جامہ پہناتا اس کے کان میں آواز آئی۔ ایسا نہ کرو۔ اس بیچارے نے تمہارا کیا بگاڑا ہے ؟

ڈمرو کا ہاتھ کانپنے لگا اس نے خوف سے ادھر ادھر دیکھا نہ آدم نہ آدم زاد یہ آواز کہاں سے آرہی تھی۔ پتوں کے درمیان اسے ایک ننھی سی ناگن نظر آئی۔ اسے یقین نہیں آرہا تھا کہ یہ ناگن بول رہی لیکن اس کے پاس اسے تسلیم کرنے کے سوا کوئی چارۂ کار نہیں تھا وہ بولا کچھ کیا نہیں ہے تو کیا؟ کر تو سکتا ہے۔ اگر وہ جاگ کر مجھے کاٹ لے تو میرا کام تمام؟

ناگن بولی اسے اگر کچھ کرنا ہی ہوتا تو وہ آکر سونے قبل تمہارا کام تمام کر دیتا اور تمہیں پتہ بھی نہیں چلتا کیونکہ اس وقت تم اسی طرح سو رہے تھے جس طرح اب وہ سو رہا ہے۔

ڈمرو نے سوچا بات تو صحیح ہے لیکن پھر وہ شوخی سے بولا اچھا ناگن یہ بتاؤ کہ اگر میں تمہاری بات نہ مانوں تو تم کیا کر لو گی؟

میں۔۔۔ میں تمہیں ڈس لوں گی۔ ناگن مسکرا کر بولی

ڈمرو پھر ڈر گیا لیکن اپنے آپ کو سنبھال کر بولا اچھا وہ تو تم پہلے بھی کر سکتی تھیں۔

جی ہاں لیکن جس کام کو میرے اجگر نے نہیں کیا اور جس کام سے میں تمہیں منع کر رہی ہو اس کو خود کیسے کر سکتی ہوں بھلا؟

اچھا تم تو بڑی اصول پسند ناگن معلوم ہوتی ہو؟

جی ہاں جنگل میں رہنے والے سارے جاندار ایسے ہی ہوتے ہیں وہ اصولوں کی بات نہیں کرتے ان کا پاس و لحاظ کرتے ہیں۔ ہاں شہروں میں رہنے والوں کا حال مختلف ہے وہ اصولوں کی بات تو بہت کرتے ہیں لیکن پاسداری کم ہی ہوتی ہے۔ لوگ سمجھ گئے یہ بات ناگن نے ہرگز نہیں کہی ہوگی جھمرو اپنی بات اس کے نام سے کہہ رہا ہے لیکن کسی نے ٹوکا نہیں۔ کہانی میں سب کو مزہ آرہا تھا۔

ڈمرو بولا ناگن تمہاری منطق مجھے پسند آئی اور تمہاری باتیں ان کا کیا کہنا، میں نے تو کبھی انسانوں کے منہ سے بھی اس قدر حکمت کی بات نہیں سنی۔

ناگن بولی ذرہ نوازی کا شکریہ ویسے ابھی تم نے سنا ہی کیا ہے؟ اور کیا تم نے کبھی ناگن کا رقص دیکھا ہے؟

ناگن کا رقص! نہیں تو۔ کیا تم نے رقص کرنا بھی سیکھ لیا ہے؟

ناگن زور سے ہنسی اور بولی تم بھی بہت بھولے ہو ڈمرو ناگن کو ناچ سیکھنا نہیں پڑتا ہے ہر ناگن پیدائشی طور پر ماہر رقاصہ ہوتی ہے۔

اچھا تو پھر ناچ کے دکھلاؤ۔

لیکن اس کے لیے تمہیں بین بجانا پڑے گا؟ کیا تمہارے پاس بین ہے؟

جی نہیں نہ تو میرے پاس بین ہے اور نہ مجھے بین بجانا آتا ہے۔

اچھا مجھے تمہاری صدق گوئی پسند آئی مگر تمہیں میرا رقص دیکھنے کے لیے پہلے تو بین کا بندوبست کرنا ہوگا اس کے بعد اس کو بجانا سیکھنا ہوگا ڈمرو!

ناگن کے منہ سے دوسری بار اپنا نام سن کر ڈمرو حیران رہ گیا وہ بولا اچھا تو تمہیں میرا نام بھی پتہ چل گیا۔ تم ناگن ہو یا جادو گر۔

میں ساحر ہوں نہ جادو گر۔ سفلی علم تو انسانوں ہی کا خاصہ ہے۔

اچھا تو کیا تمہارے قبضے میں کوئی جن ہے جس نے تمہیں میرا نام بتلا دیا۔ ڈمرو کو ناگن سے باتوں میں لطف آ رہا تھا جس طرح تم لوگوں کو میری باتوں میں آ رہا ہے۔

مجمع نے ایک آواز میں تائید کی جی ہاں جھمرو بہت مزہ آ رہا ہے۔

ناگن نے جواب دیا نہیں جن ون کچھ بھی نہیں دراصل تم خواب میں بار بار اپنے آپ کو "ڈمرو" کہہکر کوسرہے تھے، میں سمجھ گئی کہ ہو نہ ہو تمہارا نام ڈمرو ہو گا۔ جب پہلی مرتبہ تم نے توجہ نہیں دی تو میں نے سوچا کہ میرا اندازہ غلط ہے لیکن اب تم نے تصدیق کر ہی دی۔

اچھا تو تم میری بات چیت سن رہی تھیں؟

دراصل میں تو اس احمق اجگر کی پہرے داری کر رہی تھی۔ ایسے میں تم اپنے آپ سے باتیں کرنے لگے تو مجھے مجبوراً سننا پڑا۔

بہت خوب۔ اچھا تو اب اپنا نام بھی بتا دو۔

میرا کوئی نام نہیں ہے تم جس نام سے چاہو مجھے بلا سکتے ہو۔

اچھا تو میں تمہیں رانی کہہ کر بلاؤں گا بشرطیکہ تمہارے اجگر کو اعتراض نہ ہو۔

اجگر بیچارہ نہ سن سکتا ہے اور نہ بول سکتا ہے اس لئے اسے کیا اعتراض ہو سکتا ہے

اور سنو ناگن رانی اب تمہیں میں اپنے ساتھ لئے بغیر گھر نہیں جاؤں گا، کیا سمجھیں زندگی میں تم پہلی۔۔۔۔۔۔

ناگن ہو۔۔۔۔۔۔۔۔۔ ناگن نے بات آگے بڑھائی۔

جی ہاں وہی ناگن ہو جو مجھے اچھی لگی ہو۔ اس لئے تمہیں میرے ساتھ چلنا ہو گا۔

وہ تو ٹھیک ہے لیکن میری ایک شرط ہے۔ میں اپنے اس اجگر کے بغیر نہیں رہ سکتی اس لئے میرے ساتھ اسے بھی لے کر چلنا ہو گا۔

میں اسے برداشت کر لوں گا اب تو کوئی مسئلہ نہیں ہے۔

لیکن کیا تمہاری بیوی کسی اجنبی کو اپنے گھر میں برداشت کر لے گی۔ ہمارے جنگل کا ایک قانون یہ بھی ہے کہ ایک بار جو جنگل سے گیا اسے باغی قرار دے دیا جاتا ہے اور پھر اسے جنگل میں رہنے کی اجازت نہیں ہوتی کہیں ایسا نہ ہو کہ ہم نہ گھر کے رہیں نہ گھاٹ کے۔

جی نہیں۔ ایسا ہرگز نہیں ہو گا میری بیوی ٹم ٹم تمہاری طرح عقل مند نہیں ہے میں اسے سمجھالوں گا۔

تمہارے خیال میں عقلمند کو سمجھانا مشکل کام ہے یا بے وقوف کو؟ ناگن نے سوال کیا

ڈمرو بولا عقلمند کے لئے خود کسی بات کو سمجھنا آسان ہے لیکن کسی اور کا اسے کوئی بات سمجھانا کٹھن ہے اس کے برعکس بیوقوف کا اپنے آپ کسی بات کا سمجھ لینا بہت مشکل ہے لیکن کوئی اور عقلمند اسے کوئی بات سمجھائے تو وہ آسانی سے سمجھ جاتا ہے۔

ناگن بولی میں سمجھ گئی۔

کیا سمجھیں تم؟

یہی کہ تم جو ہو نہ، اپنی بیوی اور میرے اجگر کی طرح بیوقوف نہیں ہو۔

دونوں نے ایسا زوردار قہقہہ لگایا کہ بہرہ اجگر بھی جاگ گیا اور اپنی ناگن کے اطاعت میں ڈمرو کے گھر چلنے کے لیے راضی ہو گیا۔ ڈمرو حیرت سے یہ سب دیکھ رہا تھا اور سوچ رہا تھا انسان تو انسان جانور بھی۔۔۔۔۔ ناگن نے کہا کیا سوچ رہے ہو ڈمرو؟

کچھ نہیں۔ چلو گھر چلتے ہیں ڈمرو بولا اور اسی کے ساتھ یہ تین نفری قافلہ ڈمرو کے گھر کی جانب روانہ ہو گیا۔

گھر پہنچنے کے بعد ڈمرو کے لیے ٹم ٹم کو سمجھانے منانے کی نوبت ہی نہیں آئی وہ خود ہی ناگن پر فریفتہ ہو گئی اور بولی میری ایک بہن تھی کم کم بالکل رانی کی طرح پٹر پٹر بولتی تھی لیکن اسے کسی سانپ نے ڈس لیا اور وہ بچپن ہی میں فوت ہو گئی چلو بھگوان نے مجھے اس کا نعم البدل عطا کر دیا اس طرح پانچ لوگوں کا یہ ایک نیا سنسار وجود میں آگیا جس میں پانچواں جھمرو کا بیٹا ننھا سامرو تھا۔

دن گزرتے رہے نہ جانے کب ٹم ٹم بازار سے بین اور ڈگڈگی لے آئی اور ڈمرو کو مداری بنا دیا۔ ڈمرو کی بین پر ناگن ناچتی تھی اور ٹم ٹم کی ڈگڈگی پر ڈمروا اچھل کود کیا کرتا۔ ایک اجگر تھا جو اس تماشے کو خاموشی کے ساتھ دیکھا کرتا نہ کچھ سنتا اور نہ بولتا اس لئے کہ گونگا بہرہ تھا۔ ڈمروا اسے رشک سے دیکھتا اور سوچتا خاوند کے لیے گونگا اور بہرہ ہونا کس قدر مفید ہے۔

وقت کے ساتھ ڈمروا ایک ماہر مداری بن گیا تھا۔ وہ اپنے ساتھ جھمورا بھی رکھنے لگا تھا۔ رانی ہر سال ایک انڈا دیتی اجگر اس کو سینکا کرتا اور اس طرح ہر سال ایک نیا سانپ ان کے گھر میں جنم لیتا تھا۔ جس دن سانپ کا بچہ انڈے سے باہر آتا وہ لوگ ناگ پنچمی کا تہوار مناتے۔ جب وہ سانپ کھیل تماشے کے قابل ہو جاتا تو اسے جھمورا کو انعام کے طور پر دے دیا جاتا اس طرح جھمورے کی ترقی ہو جاتی اور وہ مداری بن جاتا اس موقع پر ٹم ٹم کی جانب سے اسے بین کا تحفہ دیا جاتا۔ ڈمرو بلا ارادہ اپنے آپ میں ایک ادارہ بن گیا تھا اس کے شاگرد اس کا بڑا احترام کرتے اور اسے اپنا گرو مانتے تھے۔

ڈمرو دن میں ناگن کے ساتھ مداری کا کھیل دکھلاتا شام میں لوٹ کر آتا تو ٹم ٹم اور

اجگر کو انتظار میں پاتا۔ اجگر ناگن کی آہٹ پاتے ہی خوشی سے جھوم اٹھتا تھا اور اپنا دودھ کا پیالہ سرکا کر آگے لے آتا۔ ناگن ڈمرو کو بھول کر اپنے اجگر کے پاس چلی جاتی اور ڈمرو ٹم ٹم کی خدمت میں لگ جاتا۔ ایک روز ٹم ٹم نے ڈمرو سے کہا ایسا کب تک چلے گا؟

کیسا کب تک چلے گا؟ میں کچھ سمجھا نہیں؟ سوال در سوال کو سن کر رانی کے کان کھڑے ہو گئے تھے۔ وہ بھانپ گئی تھی کہ ٹم ٹم کیا کہنے والی ہے۔ آخر وہ بھی تو صنفِ نازک تھی اگر ٹم ٹم کی بات کو وہ نہیں سمجھتی تو کیا اجگر سمجھتا۔ بے چارہ گونگا اور بہرہ اجگر! لیکن حیرت کی بات تو یہ تھی کی ڈمرو تو اجگر کی مانند گونگا اور بہرہ نہیں تھا۔ لیکن پھر بھی شوہر تو تھا۔ اجگر کی ہی طرح خدمت گار اور اطاعت گزار۔

ٹم ٹم بولی آپ کب تک اس طرح ڈگڈگی بجاتے رہیں گے؟ اور اپنا سامرو کب تک اس طرح آوارہ گردی کرتا رہے گا؟ ٹم ٹم کا اشارہ اپنے جوان بیٹے سامرو کی طرف تھا۔

بیگم ان دونوں سوالوں کا جواب میرے پاس نہیں ہے، پہلے سوال کا جواب خود آپ کو دینا ہو گا اور دوسرے کا فیصلہ خود آپ کا فرزندِ ارجمند کرے گا۔

اگر ایسا ہے تو سنو میرا جواب اور فیصلہ۔۔۔۔۔۔

حکم! ڈمرو سر جھکا کر بولا۔

کل سے آپ آرام کریں گے اور سامرو کھیل دکھلائے گا۔

اچھا لیکن میرا جھمورا اگر اس کا نائب بننے سے انکار کر دے تو؟

اپنی بلا سے۔ اور مجھے پتہ ہے ایسا ہی ہو گا۔

تو پھر کیا میں تمہارے سامرو کا جھمورا بن جاؤں۔

جی نہیں جھمورا بنیں تمہارے دشمن۔ میں نے ساری منصوبہ بندی کر رکھی ہے۔ میں یہ سنپولا تمہارے موجودہ جھمورے کو دے کر اسے آزاد کر دوں گی، سامرو کے

ساتھ جھمورا بنانے کے لیے میں نے تمہارے پرانے شاگرد کھڑک سنگھ کو تیار کر لیا ہے۔

کیا۔۔۔۔؟ کھڑک سنگھ تو سامرو کے باپ کی طرح ہے وہ اس کا جھمورا کیونکر بن سکتا ہے ؟

جانتی ہوں ؟ خود کھڑک سنگھ نہیں بلکہ اس کا لڑکا بھڑک سنگھ جھمورا بنے گا۔ اس کو راضی کرنے پر کھڑک سنگھ راضی ہو گیا ہے۔

بھڑک سنگھ تو بڑا بد معاش لونڈا ہے کہیں وہ اپنے سامرو کے لیے مصیبت نہ بن جائے۔

تم اپنے سامرو کو نہیں جانتے وہ اکیلا کئی بھڑکو پر بھاری ہے۔

لیکن کیا اپنے سامری کو بین بجانا آتا ہے ؟

جی نہیں۔ میں نے اسے سیکھنے کے لیے کہا تو بولا اس کی ضرورت نہیں۔ بھڑکو چپ چاپ ٹیپ ریکارڈر پر ناگن فلم کی دھن بجادے گا اور میں منہ پر بین رکھ کر ہلاتا رہوں گا۔

لیکن اگر رانی کو پتہ چل گیا تو؟

میں اسے سمجھا دوں گی بہن بین کی آواز سن کر تم اپنا رقص شروع کر دینا اب کیا فرق پڑتا ہے کہ وہ آواز کہاں سے آرہی ہے۔ رانی سب کچھ سمجھائے بغیر ہی سمجھ گئی تھی۔

ڈمرو بولا ٹم ٹم تمہاری منصوبہ بندی بڑی زبردست ہے اس میں کسی قسم کا کوئی جھول دکھلائی نہیں دیتا۔ میں تو تمہیں۔۔۔۔۔۔۔۔

بے وقوف سمجھتا تھا؟ یہی کہنے والے تھے نا، ٹم ٹم بولی یہی سمجھتے رہو اس خوش فہمی میں ہم دونوں کی بھلائی ہے۔

ٹم ٹم اور ڈمرو کے بارے میں رانی کی رائے کب کی بدل چکی تھی اس لئے اسے کوئی حیرت نہیں ہوئی اور اجگر تو بیچارہ گونگا اور بہرہ تھا۔

پہلے ہی دن سامرو اور بھڑکو نے شہر کے سب سے بڑے چوراہے پر مجمع لگایا۔ ناگن

کی دھن کیا گونجی کہ لوگ جوق در جوق امڑ پڑے۔ رانی ڈمرو کے فراق میں ایسے جھوم کر ناچی کہ گھنگھرو ٹوٹ گئے۔ اب وقت تھا پیسے جمع کرنے کا۔ بھڑکو نے ناگن کی ٹوکری اٹھا کر سامرو کے دائیں سے چکر لگانا شروع کیا۔ ٹوکری میں روپیوں کی برسات ہو رہی تھی اور بھڑکو کی نیت خراب ہو رہی تھی اس نے اس قدر نوٹ پہلے کبھی نہیں دیکھے تھے۔ سامرو کامیابی کے نشے میں مست جھوم رہا تھا۔ اسے اپنے اولین شو میں ایسی بڑی کامیابی کی توقع نہیں تھی۔ بھڑکو نے درمیان میں ایک منصوبہ بنالیا اور جب بائیں جانب سے سامرو کے پیچھے پہنچا تو یہ جا وہ جا۔ مجمع کے ساتھ بھڑکو بھی چھٹ چکا تھا۔

سامرو اپنے خیالوں میں کھویا ہوا تھا کہ رانی بولی۔ بیٹے سامرو، ہوش میں آؤ بھڑکو چمپت ہو چکا ہے۔

کیا۔۔۔۔۔۔؟

جی ہاں بھڑکو موجود نہیں ہے۔

یہ سنتے ہی سامرو غصہ سے بھڑک اٹھا اور بولا کہاں بھاگ گیا وہ بدمعاش؟

یہ تو میں نہیں بتا سکتی۔ وہ تو تمہارا بچپن کا لنگوٹیا یار ہے، میرا نہیں۔

سامرو کو اپنے دوست کی دھوکہ دہی پر بے حد غصہ آرہا تھا۔ بھڑکو نہ صرف ساری کمائی بلکہ رانی کی ٹوکری بھی لے بھاگا تھا۔ اب ایک مسئلہ یہ تھا کہ رانی کو لے کر کیسے جائے؟ آتے وقت تو سارا سامان بھڑکو ڈھو کر لایا تھا لیکن اب وہ غائب تھا۔ سامرو نے سامان سمیٹا اور رانی کو دیکھنے لگا۔

وہ بولی کیا دیکھ رہے ہو بیٹا۔

وہ۔۔۔ بات دراصل یہ ہے کہ بھڑکو آپ کی ٹوکری بھی لے بھاگا کمبخت۔ میں سوچ رہا تھا کہ اب آپ کو کیسے۔۔۔۔۔۔۔۔۔

رانی مسکرا کر بولی سامرو تم بالکل اپنے باپ پر گئے ہو ماں کا سایہ تم پر نہیں پڑا۔

میں سمجھا نہیں؟ آپ کیا کہہ رہی ہیں۔

خیر چھوڑو ہر بات کا سمجھنا ضروری بھی تو نہیں اور کچھ باتیں ایسی ہوتی ہیں جن کا نہ سمجھنا مفید تر ہوتا ہے۔

میں پھر نہیں سمجھا۔

خیر کوئی بات نہیں تم مجھے لے جانے کے بارے میں سوچ رہے تھے نا؟

جی ہاں۔

تم مجھے اسی طرح لے چلو جیسے تمہارا باپ کئی سال قبل مجھے جنگل سے لایا تھا۔

اچھا وہ کیسے ؟

اپنی آستین میں رکھ کر۔

اچھا۔

جی ہاں، میں گھر تک تمہاری آستین سے لپٹ جاتی ہوں۔

اوہو یہ تو بہت آسان ہے۔

سامرو اپنے سر پر مداری کا سامان اٹھائے اور آستین میں رانی کو لپیٹے گھر کی جانب رواں دواں تھا لیکن اس کا دماغ بھڑ کو کے بارے میں سوچ رہا تھا۔ اس کو سوائے بھڑ کو کی بے وفائی کے کچھ اور نظر نہیں آ رہا تھا وہ انتقام کی آگ میں جل رہا تھا کہ اچانک رانی نے دیکھا اسی ویران سڑک پر آگے آگے بھڑ کو چلا جا رہا ہے۔ رانی نے سوچا بیچارہ نہیں جانتا کہ اس کی موت اس کے پیچھے کس قدر قریب ہو گئی ہے۔

انسانوں کے ساتھ اس قدر طویل عرصہ رہتے رہتے رانی اپنے آپ کو بھی انسان سمجھنے لگی تھی اور بھڑ کو جیسے موذی لوگوں کو سانپ بچھو گردانے لگی تھی۔ رانی نے جب

دیکھا کہ سامرو سامنے سے جاتا ہوا اپنا شکار نہیں دیکھ رہا ہے تو وہ بولی۔ وہ دیکھو آستین کا سانپ۔ اس کا سر کچل دو۔

سامرو نے بے خیالی میں یہ جملہ سنا ہاتھ کو جھٹکا۔ رانی جیسے ہی زمین پر گری اس کا سر کچل دیا۔ سارے خیمے کو سانپ سونگھ گیا تھا۔

اسی کے ساتھ بولتی ناگن زندہ باد کا شور اچانک کسی کونے سے بلند ہوا اور دھیرے دھیرے وہ آسمان کو چھونے لگا۔ یہ چیونٹیوں کا شور تھا جو چہار جانب سے بولتی ناگن کے آس پاس جمع ہو رہی تھیں۔ ناگن مر چکی تھی اب اس سے کسی کو کوئی خطرہ نہیں تھا۔ اس روز چیونٹیوں کی خاطر گویا دعوتِ شیراز کا اہتمام تھا۔ جشن بپا تھا چہار جانب سے چیونٹیوں کا ٹڈی دل ناچتا گاتا، شور مچاتا ناگن کی لاش پر ٹوٹ پڑا تھا۔ چیونٹیاں ضیافت کا لطف اندوز ہوتے ہوئے درمیان میں بولتی ناگن زندہ باد کا نعرہ بھی بلند کر دیتی تھیں لیکن اسے سننے والا ڈمرو وہاں موجود نہیں تھا۔ سامرو تو تھا مگر اژدہے کی مانند گونگا اور بہرہ۔

بظاہر چاروں طرف سناٹا چھایا ہوا تھا۔ دیکھتے دیکھتے اس سناٹے نے جھمرو کے خیمے کو بھی نگل لیا کچھ دیر خاموشی چھائی رہی اور پھر آہستہ آہستہ بھیڑ چھٹنے لگی۔ اب نہ وہاں ڈمرو تھا نہ سامرو، نہ کھڑک سنگھ تھا اور نہ بھڑک سنگھ، نہ ٹم ٹم تھی نہ رانی بس اجگر اور اسکیمانند جھمرو رہ گیا تھا جو نہ سن سکتا تھا اور نہ بول سکتا تھا۔ اجگر اور جھمرو دونوں سوئے پڑے تھے۔ اس لئے کہ نہ تو کسی کے پاس رامپوری چاقو تھا اور نہ ہی کسی کو اپنے نگل لئے جانے کا خوف تھا۔

(۸) اسکوپ

سبین علی

"دیکھیں سر! ہماری تنظیم انوائرمنٹ اور وائلڈ لائف کے تحفظ کے لیے کام کرتی ہے۔ آپ کی ڈونیشن سے ماحول کی آلودگی ختم کرنے اور خطرے سے دوچار اسپیشیز کو بچانے میں مدد ملے گی۔ گِدھ کی نسل تو ہمارے ملک میں تقریباً معدوم ہو چکی ہے۔"

وہ سانس لینے کے لیے رکا ہی تھا کہ سامنے ریوالونگ چئیر پر بیٹھے سفید بالوں والے شخص نے جو اپنی وضع قطع سے بہت مہذب اور تعلیمیافتہ لگ رہا تھا, اس کی بات کاٹتے ہوئے کہنے لگا!

"مگر ان کے تحفظ کے لیے تو ڈبلیو ڈبلیو ایف والے کام کر رہے ہیں۔ ہماری کمپنی نے ڈائیکلوفینک سوڈیم کی متبادل ڈرگس بھی متعارف کروادی ہیں۔ لیکن آپ کی تنظیم گِدھ کے تحفظ کے لیے کونسا کام کر رہی ہے؟"

سر ہمارا ادارہ مستقبل میں ان کے ساتھ بھی کام کرنے کا ارادہ رکھتا ہے۔ کچھ ریسرچ پراجیکٹس کے لیے ہم تعلیمی اداروں کو فنڈز بھی مہیا کرتے ہیں۔ واٹر اور ائیر پالوشن کو کنٹرول کرنے کے لیے بھی کئی اقدامات کر رہے ہیں۔ ماحولیاتی تنظیم کے نمائندے نے جواب دیا۔

یہ سن کر آفس میں ریوالونگ چئیر پر بیٹھے سفید بالوں والے انٹلکچوئل نے تیکھی نظر سے نمائندے کا جائزہ لیتے ہوئے کہا!

یہ سب ٹھیک مگر آپ کی ڈیمانڈ بہت زیادہ ہے۔ ہماری کمپنی دو کروڑ کی ڈونیشن کیوں دے۔ جبکہ ہماری فارماسوٹیکل فیکٹری انوائرمنٹ کے لیے قطعی کوئی خطرہ بھی نہیں۔۔

دیکھیے سر دو کروڑ بہت مناسب ہیں۔ آپ ہمارے باس سے بات کر سکتے ہیں۔ وہ اخبار "آزادی اظہار" کے ایڈیٹر بھی ہیں۔ آپ پرسنلی بھی جانتے ہوں گے انہیں۔

یہ کہتے ہوئے نمائندے نے اپنا موبائل فون سامنے بیٹھے شخص کی جانب بڑھا تھا۔

"دیکھیں ڈاکٹر صاحب اب آپ جیسے ہائیلی کوالیفائیڈ اور کامیاب بزنس مین وائلڈ لائف کے تحفظ کے لیے آگے نہیں بڑھیں گے تو اور کون بڑھے گا؟ ماحولیات والوں نے تو کئی جانوروں کی نسل ختم ہونے کا واویلا مچایا ہوا ہے۔ مگر ہماری عوام ہے کہ آنکھیں بند کیے بیٹھی ہے۔

فون پر یہ سن کر سفید بالوں والا شخص کہنے لگا مگر سر۔۔۔۔۔

گِدھ تو ایک طرف رہ گئے بلائینڈ ڈولفین بچانے کے لیے بھی گورے ہی آگے بڑھے ہوئے ہیں۔ ٹرائیبون میں سٹوری پڑھی تھی ساتھ ہی کچھ اور کہانیاں بھی تھیں۔ مچھلیوں کی۔۔۔۔ کچھ لحاظ کریں ہمارا بھی۔۔۔۔۔ یہ کہتے ہوئے ڈاکٹر کے لبوں پر خفیف مسکراہٹ ابھری۔

"باہر کے نیوز پیپرز کو چھوڑیں ڈاکٹر صاحب! وہ کتنے لوگ پڑھتے ہیں؟ یہاں کی بات کریں۔ اپنے ملک میں کتنے مسائل ہیں۔ آپ کو پتا تو ہے پچھلے چھ ماہ میں خراب انجیکشنز سے کتنے لوگ مرے ہیں

ابھی میڈیا میں بات نہیں نکلی۔

بڑی اسکوپ اسٹوری ہے میرے پاس۔۔۔۔ روک رکھی ہے۔۔۔ اگر آپ کہیں تو لگاؤں؟" ویسے ٹی وی کے لیے ڈاکومنٹری بھی بہت اچھی بن سکتی ہے؟ مگر آپ

ہمارے پرانے دوست ہیں اس لیے بہت خیال ہے آپ کی ساکھ کا۔

فون کے اسپیکر سے ابھرتی آواز سن کر سفید بالوں والے شخص کے اعصاب تن گئے۔ گردن کے قریب نیلی رگیں ابھریں پھر گہرا سانس لے کر خود کو پرسکون کرنے کی کوشش کرتے ہوئے کہنے لگا!

اس لڑکے کے ہاتھ آپ کے وائلڈ لائف فنڈ میں چیک بھیج رہا ہوں سر۔۔۔۔ منڈے کو صبح دس بجے تک کیش ہو جائے گا۔

(۹) جمعہ کا دن

نصر ملک

آج جمعہ تھا اور مجھے دارالحکومت کوپن ہیگن میں ایک مسجد کے قریب واقع ایک کیفے ٹیریا میں پہنچنا تھا۔ مجھے بتایا گیا تھا کہ جمعہ کی نماز کے بعد بیشتر مسلمان اس کیفے میں چائے کافی وغیرہ پینے اور آپس میں تبادلہ خیال کرنے کے لیے آتے ہیں۔ میرے وہاں جانے کا مقصد یہ جاننا تھا کہ مسلمان یہاں ڈنمارک میں اپنے بارے میں کیا محسوس کرتے اور یہاں کے سماج کے بارے میں کیا سوچتے ہیں۔ وہ کہاں تک ڈینش اقدار اپنا چکے ہیں اور کہاں تک اپنے دینی تشخص کو محفوظ رکھے ہوئے ہیں۔ یہ معلومات مجھے اپنے ایک مضمون کی تیاری کے لیے درکار تھیں اور میں نے اپنے ایڈیٹر سے وعدہ کر رکھا تھا کہ سوموار تک اسے یہ مضمون، اس کی میز پر مل جائے گا۔

دراصل ایک جرمن سیاستدان کی پیروی کرتے ہوئے ڈنمارک کی قومیت پرست، ڈینش پیپلز پارٹی کے ایک سیاستدان نے بھی پچھلے دنوں اپنے ایک بیان میں دین اسلام کو نازی ازم کے ہو بہو برابر گردانتے ہوئے، مسلمانوں کو ڈنمارک کے لیے خطرہ قرار دیا تھا اور اس کے اس بیان پر ملکی میڈیا میں ہی نہیں عوام میں بھی بحث مباحثے جاری تھے اور سیاستدان بھی اپنے اپنے خیالات کا اظہار کرنے میں پیچھے نہیں تھے۔ اکثریت کی رائے میں اس کے بیان میں وزن تھا۔ اور یہی وجہ تھی کہ مجھے بھی غیر ملکیوں کے بارے میں ایک کڑاکے دار مضمون لکھنے کو کہا گیا تھا۔ ان مسلمانوں کا ذرا کچا چھٹا سامنے لا! میرے

ایڈیٹر نے مجھے تاکید کی تھی۔

میں کیفے ٹیریا میں پہنچا تو وہاں کچھ لوگ بیٹھے چائے اور دیگر مشروبات سے لطف اندوز ہو رہے تھے۔ وہ سروں پر ٹوپیاں پہنے، گلے میں مفلر نما چار خانیدار رومال لٹکائے، ہاتھوں میں تسبیحیاں گھماتے، آپس میں بڑے خوش انداز میں گفتگو کر رہے تھے۔ چہروں سے وہ الگ الگ ملکوں سے آئے ہوئے لگتے تھے۔ اور شاید اسی لیے وہ ڈینش زبان میں باتیں کر رہے تھے۔ اگرچہ ان میں سے کئی ایک کی ڈینش اتنی اچھی نہیں تھی لیکن یوں لگتا تھا کہ وہ ایک دوسرے کی باتوں کو اچھی طرح سمجھتے ہیں۔ وہ آپس میں مختلف ہوتے ہوئے بھی ایک دکھائی دے رہے تھے۔ ان کا موضوع بھی ڈینش سیاستدان کا وہی بیان تھا جس میں اس نے، سلام کو نازی ازم کے برابر قرار دیا تھا۔ میں بھی ایک کرسی لے کر ایک میز پر ان کے قریب ہی بیٹھ گیا۔ میں نے سوچ لیا تھا کہ ان سے براہ راست کوئی بات نہیں کروں گا بلکہ سنوں گا کہ وہ ایک دوسرے سے کیا باتیں کرتے ہیں اور اگر ضرورت ہوئی تو بعد میں ان میں سے کسی ایک سے بات کر لوں گا۔

میں نے اپنے لیے کافی منگوائی اور بظاہر ان کی باتوں سے لاتعلق، اسے پینے لگا اور ساتھ ہی وہاں پڑا ہوا ایک اخبار لے کر اس کی ورق گردانی کرنے لگا۔

میرا بس چلے تو میں ڈنمارک میں رہنے والے مسلمانوں میں سے چار ہزار مسلمانوں کو ہر زور چار ہزار چینیوں کے ساتھ بدل لوں اور کچھ ہی ہفتوں میں چار لاکھ مسلمانوں کو چار لاکھ چینیوں سے بدل کر ان سے نجات پالوں میری نظریں ڈینش پیپلز پارٹی کے ایک سیاستدان کے بیان پر رک گئیں۔ یہ مسلمان ہمارے لیے، ہمارے ملک اور ہمارے سماجی رفاعی نظام کے لیے مسئلہ ہی نہیں ایک بڑا خطرہ بھی ہیں۔ یہ ڈینش سماج میں انٹیگریٹ ہونا نہیں چاہتے بلکہ ہمیں مسلمان کرنا اور یہاں اپنی اقدار لانا چاہتے ہیں۔ میں اس سے

آگے کچھ نہ پڑھ سکا۔ کافی کی پیالی میرے ہاتھ سے چھلکنے ہی والی تھی۔

بیس تیس سال پہلے، کیا کوئی ایسی باتیں ہمارے خلاف کرتا تھا؟ کبھی نہیں!، آج ہر کوئی سیاستدان، اخبارات، نام نہاد دانشور اور وہ نئے نازی اور ان کی ماں، ڈینش پیپلز پارٹی کی پیا کھی آسگورڈ نے تو حد ہی کر دی ہے، ہم مسلمانوں پر کیچڑ اچھالنے کی۔ مجھے اپنے پیچھے سے ایک آواز آئی۔

اب دیکھو نا، ہم یہاں کئی کئی سال سے رہ رہے ہیں لیکن یہ ڈینش، یہ ہمیں آج بھی اجنبی ہی کہہ کر پکارتے ہیں۔ میرے پاس ڈینش پاسپورٹ ہے، پھر بھی یہاں وہاں، جہاں کہیں جاتا ہوں مجھ سے پہلا سوال یہی کیا جاتا ہے تم کس ملک سے آئے ہوئے ہو، کیا تم مسلمان ہو؟ اب بتا کیا یہ پوچھنا ضروری ہے؟ میں تو یہی جواب دیتا ہوں کہ میں مسلمان ہوں، ڈنمارک میں رہتا ہوں اور اپنی ذمہ داریاں پوری کرتا، کام کرتا اور ٹیکس ادا کرتا ہوں، بالکل جیسے دوسرے شہری کرتے ہیں۔ میں نے مڑ کر دیکھا، ایک باریش ترک بڑے اعتماد سے بول رہا تھا۔ وہ ہاتھ میں پکڑی ہوئی تسبیح کے دانے پھیر رہا تھا۔

تم ٹھیک کہتے ہو، میں بھی ایسا ہی کرتا ہوں۔ ایک دوسرے نے قہوے کی چسکی لیتے ہوئے لقمہ دیا۔

ان ڈینشوں کو ان ہی کی زبان اور ان ہی کے لہجے میں جواب دینا چاہیئے۔ ایک جو قدرے جوان تھا اور جوش میں دکھائی دے رہا تھا، بولا۔

کچھ تو مسلمانوں کے خلاف سیاستدانوں کے بیانات اور میڈیا کی جانب سے حاشیہ آرائیاں اور ڈینشوں کے ہاں غیر ملکیوں اور خاص کر مسلمانوں کے بارے میں پائے جانے والے مفروضات نے پچھلے کئی ایک سال سے ماحول میں نسلی تعصب کی کثافت میں اضافہ کر رکھا تھا اور پھر پچھلے دنوں ملک کے سب سے بڑے اخبار کی جانب سے نبی

اسلام، مسلمانوں کے پیغمبر کے خاکے شائع کیے جانے کے بعد تو گویا مسلمانوں کے جذبات کو بھڑکانے اور انہیں سیخ پا کرنے کے لیے ان کے خلاف آگ پر تیل چھڑک دیا گیا ہو۔

مسلمانوں کی مساجد، ان کے ریستورانوں، دکانوں اور ٹیکسی سیٹنڈوں پر ان دنوں ان کا ایک ہی موضوع تھا یہ ڈینش چاہتے کیا ہیں؟ کیا ہم اپنے پیغمبر کی توہین ہوتے دیکھیں اور خاموش رہیں!، یہ پہلے پنگا لیتے ہیں اور پھر چاہتے ہیں کہ ہم آہ بھی نہ بھریں۔ مسلمانوں کے حلقوں میں پائی جانی والی اس صورت حال سے میں کسی حد تک آگاہ تھا۔ اور یہ بھی جانتا تھا کہ اگرچہ ان خاکوں کی اشاعت کے خلاف کئی مسلمان ملکوں میں بڑے پر تشدد مظاہرے بھی ہوئے تھے اور ڈینش املاک و سفارتخانوں کو نقصان پہنچایا گیا تھا اور ڈینش قومی پرچم بھی نذر آتش کیے گئے تھے اور مطالبہ کیا گیا تھا کہ ڈنمارک اپنے اس مکروہ فعل پر امتِ اسلام یہ سے معافی مانگے لیکن اس اخبار نے ایسا نہیں کیا تھا بلکہ بڑے سخت الفاظ میں لکھا تھا کہ مسلمانوں میں تحمل ہے ہی نہیں، وہ آزادی اظہار کو سمجھتے ہی نہیں اور جہاں تک حکومت کا تعلق تھا، اس نے اس معاملے پر ملک میں مسلمان ملکوں کے سفیروں سے بات تک کرنا مسترد کر دیا تھا۔ مجھے یاد تھا کہ ایک دو کو چھوڑ کر مسلمانوں کے اماموں نے جمعہ کے خطبوں میں ان خاکوں کی اگرچہ شدید مذمت کی تھی لیکن انہوں نے مسلمانوں کو ان کے خلاف صبر و تحمل سے کام لینے اور خالص جمہوری و قانونی طریقوں سے احتجاج کرنے کو کہا تھا اور ملکی قانون کی ذرہ بھر خلاف ورزی کرنے کے خلاف انتباہ کیا تھا۔ البتہ ان کے اس انتباہ کے باوجود ایک اسلامی تحریک شاید حزب التحریر کے نوجوانوں نے کچھ احتجاجی مظاہرے کیے اور جلوس نکالا تھا اور ان کے اس جمہوری حق پر انہیں میڈیا میں لعن طعن کی گئی اور سیاستدانوں نے انہیں آزادی اظہار کے سلسلے میں ڈینش اقدار اور

سوچ کو اپنانے پر زور دیتے ہوئے یہاں تک کہہ دیا تھا کہ اگر ان کو ڈینش طرز آزادی اظہار قبول نہیں تو وہ اپنے اپنے ملک واپس چلے جائیں۔ میں اپنی سوچ میں کھویا ہوا تھا کہ ان میں سے ایک نے بڑے زور سے بیرے کو آواز دی محمود! ہم سب کے لیے کچھ تازہ چائے، قہوہ، کافی اور کولڈ ڈرنک تولا بھائی۔

بھائی کا لفظ سن کر مجھے یاد آیا کہ ابھی پچھلے دنوں خود وزیر اعظم نے یہ بیان دیا تھا کہ یہ غیر ملکی اور خاص کر مسلمانیہاں ڈنمارک میں اپنی ہی دنیا بسانا چاہتے ہیں۔ یہ یہاں جمگھٹوں کی صورت میں رہتے ہیں۔

دیکھونا، اب تو ہمیں فیکٹریوں اور کام کاج کی جگہوں پر بھی ڈینش عجیب نظروں سے دیکھتے ہیں۔ میرا فورمین تو مجھ سے کھچا کچھا سارہنے لکھا تھا۔ میں نے وجہ پوچھی تو کہنے لگا کہ تم مسلمان اس خاکے بنانے والے کارٹونسٹ کو قتل کرنا چاہتے ہو ایک خشخشی سی داڑھی والا، چابیوں کا ایک گچھا ہوا میں اچھالتا ہوا بولا۔ اپنے لباس اور چہرے مہرے سے وہ کوئی ٹیکسی ڈرائیور لگتا تھا۔ بیرا محمود ان کے لیے چائے، کافی اور کولڈ ڈرنک لا کر ان کی میز پر رکھ گیا تھا۔

ہاں یہ بات تو ہے ایک نے چمچ سے کافی میں چینی ملاتے ہوئے، پہلے کی بات کو آگے بڑھایا۔ صرف کام کاج کی جگہوں پر ہی نہیں، عام لوگ تو اب ہمیں بسیں چلاتے یا ٹیکسیاں چلاتے دیکھ کر ان میں بیٹھنے سے گھبراتے ہیں۔

ہم ان میں کتنے ہی گھل مل کیوں نہ جائیں یہ ہمیں اپنے برابر سمجھتے ہیں نا اپنا حصہ، اور یہی نہیں یہ تو سمجھتے ہیں کہ ہم نے ڈینش سماج کے اندر اپنا ایک متوازی سماج قائم کر رکھا ہے۔ ایک نے کہا اور اپنی ٹوپی اتار کر میز پر رکھ دی۔ اس کے سر کے بال اڑے ہوئے تھے۔

یہ باتیں تو ہم روزانہ سنتے ہیں۔ یہ ڈینش ملٹی کلچرل ازم۔۔۔ وہ کہا کہتے ہیں کثیر الثقافتی ماحول پر تو یقین ہی نہیں رکھتے۔ وہ اپنی سفید جلد کے ساتھ ہمارا کالا، بھورا یا سنولا رنگ قبول ہی نہیں کر سکتے۔ وہ نوجوان جو کچھ دیر پہلے بڑا جوش دکھا رہا تھا بولا۔ کیا تم سبھی نہیں جانتے کہ ابھی کل ہی وزیر داخلہ کہہ رہے تھے کہ مسلمانوں کو یہاں شریعت نافذ نہیں کرنے دی جائے گی۔ ڈنمارک میں اسلامی شرعی قوانین کا خواب دیکھنے والوں کو ہماری اقدار اپنانی ہوں گی یا انہیں یہاں سے جانا ہو گا۔ مسلمانوں کو ڈینش معاشرے میں انٹگریٹ ہونا ہی پڑے گا۔ اب ان میں کچھ ہلچل سی ہونے لگی تھی اور ان میں دو تین نے اپنی اپنی کرسیوں پر پہلو بدل کر نوجوان کو بڑے غور سے دیکھنا شروع کر دیا تھا۔ ہاں تو میں کہہ رہا تھا کہ یہ ہمیں ہمارے اپنے طور طریقوں، اقدار، رسم و رسوم یہاں تک کہ مذہب سے بھی کنارہ کش ہو جانے پر زور دیتے ہیں یہ انٹیگریشن تو نہ ہوئی یہ تو آسیمیلیشن ہوئی۔ ہم ڈینش بننے کے شوق میں اپنا سب کچھ کھو دیں، عجیب منطق ہے ان کی۔۔۔ ہے نا؟ نوجوان نے دوسروں کی جانب دیکھا۔ جو بڑے زور سے قہقہے لگا رہے تھے۔

سر ڈینش! ان میں سے ایک جو بڑی عمر کا دکھائی دے رہا تھا اور اب تک خاموش تھا، بولا۔ حرامیوں کو پتہ ہی نہیں ہوتا کہ ان کا اصل باپ کون ہے اور طعنے ہمیں دیتے ہیں کہ ہمیں تہذیب ہی نہیں۔۔۔۔۔ لعنت ہے ان۔۔۔ شیطان کی اولادوں پر! اس نے اپنے ٹھنڈے مشروب کا ایک گھونٹ لیا۔ شاید اپنا غصہ ٹھنڈا کرنا چاہتا تھا۔

ہاں یار! اب دیکھو نا، ان ڈینشوں کے ہاں تو ماں بیٹے سے، باپ بیٹی سے اور بھائی بہن سے مباشرت کرتے ہیں۔ اور تو اور خود باپ اپنی بیٹیوں کی دلالی کرتے ہیں، وہ تم ایک سٹرا بلیڈٹ اخبار اٹھا کر دیکھ لو ایسے کتنے ہی واقعات سے روزانہ بھرا ہوتا ہے۔ ایک انگڑائی لیتے ہوئے بولا۔ یہ ہماری نسلوں کو بھی اسی طرح تباہ کرنا چاہتے ہیں۔ اب اور کچھ

نہیں تو حجاب اور پردے کے پیچھے پڑے ہوئے ہیں۔ ان کی اپنی عورتوں، لڑکیوں کو تو دیکھو عریانیت کے شوق میں بدن پر بس ایک گرہ کپڑے کی تہمت لگائے یوں گھوم رہی ہوتی ہیں کی جیسے سڑک پر نہیں اپنے باتھ روم میں ہوں اور انہیں کوئی دیکھ ہی نہیں رہا، مادر زاد ننگے، بے حیا!، ہم اپنے طریقوں سے اپنی نئی نسل کو اس گمراہی سے بچانے کی کوشش کرتے ہیں تو یہ الٹا ہمیں ہی برا بھلا کہتے ہیں، کہ ہم اپنی اولادوں کو سماج میں آگے نہیں بڑھنے دیتے، ہم انہیں دبا کر رکھتے ہیں، ان کی جبری شادیاں کر دیتے ہیں، اور خود یہ ڈینش جو بن بیاہی مائیں بنتی ہیں، اپنے ہی باپ یا بھائی کی داشتہ ہوتی ہیں انہیں سماج کی یہ برائیاں دکھائی نہیں دیتیں۔ مرد، مردسے اور عورتیں، عورتوں سے شادیاں کر رہی ہیں اور پادری ان کے نکاح پڑھواتے ہیں۔ یہ چاہتے ہیں کہ ہم اور ہماری اولادیں اسی دلدل کے کنویں میں گر جائیں۔ استغفر اللہ!

میں نے اپنی ٹھنڈی کافی کی ایک لمبی چسکی لی۔ یہ لوگ اپنے ہی تہذیبی حصار میں کس قدر محصور ہیں، میں نے سوچا۔ اور بیرے کو ایک تازہ کافی لانے کو کہا۔

بھائیو، چھوڑو ان باتوں کو، ہم کتنے ہی اپنے آپ کو ڈینش بنالیں، یہ جو گوری رنگت، نیلی آنکھوں اور بھورے بالوں والے ہیں نا یہ ہمیں کبھی اپنے برابر نہیں سمجھیں گے، اب ہماری نئی نسل ہی کو لے لو، ہماری تمام تر کوششوں کے باوجود ان میں سے کئی ایک تو بالکل ڈینشوں کی ڈگر پر چل رہے ہیں لیکن نتیجہ کیا، خاک!، نہ انہیں کوئی روزگار دیتا ہے، نہ انہیں شبینہ کلبوں میں داخل ہونے دیا جاتا ہے اور یہاں تک کہ وہ بیچارے تو ڈینشوں کی نظروں میں، سزا یافتہ مجرم سمجھے جاتے ہیں۔ ایک پہلو بدلتے ہوئے بولا۔ اب ایسے میں یہ نوجوان اپنے گروپ نہ بنائیں تو کیا کریں۔ وہ بھی تو اجتماعیت چاہتے ہیں۔ محصور کیوں رہیں۔ انٹگریشن کے نام پر آسیمیلیشن کیوں قبول کریں۔ آخر اپنا تشخص کیوں کھوئیں،

سماج کی اچھائیوں پر انہیں کوئی اعتراض نہیں، لیکن یہ توڈینش خود میں جو انہیں، طرح طرح کے ناموں سے پکارتے اور انہیں خود سے دور دھتکار دیتے ہیں۔ اور کہتے ہیں کہ یہ مسلمان نوجوان، حزب التحریر یا الشباب میں جا رہے ہیں۔

میں نے دیکھا کہ یہ کہنے والے کے چہرے پر عجیب طرح کے تاثرات تھے۔ اب وہ بڑے آرام سے کرسی کے ساتھ ٹیک لگائے اپنی تسبیح کے دانے گھما رہا تھا۔

ہاں بھئی یہ بڑے دکھ کی بات ہے کہ ڈینش غالب اکثریت ہم اقلیتوں کو الزام تو دیتی ہے لیکن ہمیں ساتھ ملانے کے لئے ہماری بات تک نہیں سنتی اور اپنی ہی مرضی ہم پر تھونپنے میں لگی ہوئی ہے۔ بھلا ایسے بھی ہو سکتا ہے! ان میں سے ایک نے افسوس کا اظہار کرتے ہوئے کہا۔

بیرا میرے لیے کافی لے آیا تھا۔ میں نے ایک چسکی لی اور پھر میز پر پڑے ہوئے اخبار کو یونہی الٹ پلٹ کر دیکھنے لگا۔ میرے کان ان کی باتوں پر لگے ہوئے تھے۔

تو پھر کیا خیال ہے حاجی! ان میں سے ایک اپنے ساتھ بیٹھے ہوئے کو کہنی مارتے ہوئے بولا۔ اب کیا یہیں بیٹھے رہیں گے یا کچھ کام بھی کریں گے؟

میرا ذہن اب ماؤف ہونے لگا تھا اور میں سمجھ نہیں پا رہا تھا کہ یہ غیر ملکی، یہ مسلمان، ڈینشوں اور سماج کے متعلق جو کچھ کہہ رہے ہیں، ہے تو ٹھیک لیکن سماج ان کی آواز کیوں نہیں سنتا۔ یہ سیاستدان، یہ میڈیا جس میں خود میرا اخبار بھی شامل ہے، یہ دانشور اور محققین آخر ان مسلمانوں ہی کے بارے میں کیوں شور مچاتے رہتے ہیں۔ محض اس لیے کہ وہ سماج کی برائیوں سے بچنا چاہتے اور اپنے کام سے کام رکھتے ہوئے اپنے دینی تشخص اور سماجی رسوم و اقدار کو محفوظ رکھنا اور انہیں اپنی نئی نسل کو منتقل کرنا چاہتے ہیں۔ بالکل ویسے ہی جیسے برسوں پہلے ڈنمارک سے ہجرت کر جانے والے، امریکہ کینیڈا،

آسٹریلیا اور نجانے کن کن دوسرے ملکوں میں جا کر آباد ہو جانے والے ڈینش کرتے ہیں۔ میں نے بڑی مشکل سے کافی کا ایک گھونٹ حلق سے نیچے اتارا۔ اور اخبار کو ایک طرف رکھ دیا۔

ابھی میں وہاں کچھ دیر اور بیٹھنے یا چلنے کا سوچ ہی رہا تھا کہ کیفے ٹیریا کا دروازہ کھلا اور عربی لباس میں ملبوس، سر پر بڑے ہی خوبصورت انداز میں ٹوپی پہنے، باریش، مسکراتا ہوا ایک شخص داخل ہوا۔ اپنے اس عربی لباس اور اپنی وضع قطع سے وہ تیونس سے لگتا تھا۔ وہ سیدھا اسی میز کی طرف بڑھ رہا تھا جہاں وہ سبھی بیٹھے ہوئے۔ جونہی وہ ان کے قریب پہنچا تو میں نے دیکھا کہ وہ اپنے اپنے مشروب چھوڑ کر بڑے ادب کے ساتھ کھڑے ہو گئے اور بڑی تعظیم کے ساتھ اس سے مصافحہ کرنے لگے اور ایک دو نے تو اس کے ساتھ باقاعدہ معانقہ بھی کیا۔ میرے خیال میں وہ پڑوس والی مسجد کا امام تھا۔

تو تم لوگ نماز جمعہ کے بعد سے یہاں بیٹھے ہوئے ہو۔ اس نے میز پر پڑے ہوئے ان کے مشروبات کو دیکھتے ہوئے کہا۔

جی ان میں سے ایک نے گردن جھکائی۔

میں ذرا یونہی مسجد سے باہر نکلا تھا، کیفے کے دروازے کے شیشے سے تھمیں یہاں بیٹھے دیکھا تو سوچا تمھیں سلام کرتا چلوں۔ میرا شک ٹھیک نکلا۔ وہ مسجد کا امام ہی تھی۔

آیئے، تشریف رکھیں۔ ان میں ایک نے اپنی کرسی آگے بڑھاتے ہوئے اسے بیٹھنے کی دعوت دی۔ آپ کچھ پیئیں گے، چائے، قہوہ، کافی یا۔۔۔۔۔۔۔۔۔۔

نہیں، نہیں، مجھے جانا ہے۔ تم لوگ بیٹھو، باتیں کرو۔ میں چلتا ہوں تم عشا کی نماز کے لیے آگے تو باتیں ہوں گی۔ مراکشی قہوہ میری طرف سے ہو گا امام نے سب سے باری باری مصافحہ کیا۔ اچھا تو فی امان اللہ عشا کے وقت ملاقات ہو گی یہ کہتے ہوئے وہ مڑا اور

دروازے کی جانب چل دیا۔

عشا کے وقت ملاقات ہو گی! ان میں سے ایک بولا۔ ٹیکسی اس کا باپ چلائے گا، جمعہ کی شام اور ویک اینڈ ہی تو کمائی ہوتی ہے جب ڈینش نشے میں مدہوش ہوتے ہیں۔ انہیں ہم ہی تو گھر پہنچاتے ہیں۔ اس پر سب نے قہقہہ لگایا۔

میں نے ان سب پر ایک نظر ڈالی۔ ان کے چہروں پر ہلکی سی مسکراہٹ تھی۔ ان کو یوں مسکراتے دیکھ کر میرے ذہن میں سوال آیا کہ یہ لوگ ڈنمارک کے لیے کیسے خطرہ ہو سکتے ہیں، ان کا دین و مذہب ان کی اقدار ہمارے ڈینش سماج کے لیے کیوں زہر سمجھی جاتی ہیں؟ میرے ذہن میں اسیطرح کے کئی سوال سر اٹھا رہے تھے۔ ہمارے سیاستدان ان لوگوں کے پس منظر اور ڈینش سماج میں آگے بڑھنے کے لیے ان کی خواہشات اور اپنی اولادوں کے بارے میں فکر و سوچ کو کیوں نہیں سمجھتے اور ان اقلیتی برادریوں پر اپنے دروازے کیوں نہیں کھلنے دیتے؟ میں ابھی سوچ ہی رہا تھا کہ بیرے نے مجھے متوجہ کیا تم نے کافی پی لی، میں پیالی اٹھا لوں؟

میں نے اسے پیسے ادا کئے اور وہاں سے اٹھ کر لمبے لمبے ڈگ بھرتا ہوا کیفے ٹیریا سے باہر نکل آیا۔ کچھ ٹھنڈی ہوا کے باوجود مجھے پسینہ آ رہا تھا۔۔۔ اور اب میرے ذہن میں بس ایک ہی خیال تھا کہ کیا میں مسلمانوں بارے ویسا کڑا کے دار مضمون لکھ پاؤں گا جیسا میرا مدیر چاہتا ہے۔

شاید کبھی نہیں!

(۱۰) جہانِ خیال میں

ڈاکٹر شائستہ فاخری

میں نے اپنا چشمہ ماتھے کے اوپر لے جا کر بالوں کے گھنے پف کے درمیان پھنسا دیا۔ برہنہ آنکھوں سے ہنستی کھیلتی دنیا کو دیکھنا اچھا لگ رہا تھا۔ دھوپ اور بادلوں کی لُکا چھپی کا کھیل، دوڑتے بھاگتے بچے، ٹہلتے گھومتے نوجوان جوڑے، تھمے تھمے قدموں سے چہل قدمی کرتیں عمر دراز عورتیں اور مرد، ننھے ہاتھوں سے چھوٹ کر آسمان کی جانب اُڑتے رنگ برنگے غبّارے، تالیاں بجاتیں ننھی ہتھیلیاں، ہتھیلیوں کی اوٹ میں ایک دوسرے کی جانب جھکتے ہوئے جواں چہرے اور میں۔ میں اپنی پسندیدہ جگہ پر بیٹھی تھی۔ گل موہر کے درخت کے نیچے بنی بینچ پر۔ میں اکثر یہاں آتی رہتی ہوں۔ جگہ جانی پہچانی، راستے دیکھے بھالے پھر بھی جانے کیوں گھر سے باہر نکلتے ہی دل گھبرانے لگتا ہے۔ پارٹی چھوڑ کر جب میں شانے پر پرس جھلاتی زینے سے اتر رہی تھی تو مسٹر حبیب بھاگتے ہوئے میری طرف آئے۔۔۔۔ "ارے آپ کہاں جا رہی ہیں؟ ٹی پارٹی کا لطف تو اُٹھا لیجئے۔ آج مسز کاشف کی شادی کی پچیسویں سال گرہ ہے۔"

"میں اس خوشی کے موقعے پر ضرور شامل ہوتی مگر ابھی جلدی میں ہوں۔"

"آپ تو ہمیشہ جلدی میں رہتی ہیں۔ کبھی کبھی تو ایسے موقعے آتے ہیں، جب ہم لوگ کلاس سے فری ہو کر ایک ساتھ ہنستے بولتے ہیں۔"

میں ہنس پڑی۔۔۔۔ "ایک ساتھ تو ہم لوگ روز ہنستے ہیں۔ گھر جا کر بھی کانوں میں

قہقہوں کا شور گونجتا رہتا ہے۔"

"ہاں! بات تو آپ ٹھیک کہہ رہی ہیں۔ شور تو واقعی بہت اونچا ہوتا جا رہا ہے۔ لوگ بڑھتے جا رہے ہیں۔"

مسٹر حبیب کی آواز کی چہک ٹھنڈی پڑ گئی۔ گرمجوشی ندارد۔ میں نے اسی بات کا فائدہ اُٹھایا اور تیزی سے زینہ اتر گئی۔ بلڈنگ سے باہر آئی تو دیکھا موسم خوشگوار ہو رہا ہے۔ شام کے چار بج رہے تھے مگر ایسا لگ رہا تھا کہ بس رات اب اُترنے کو ہے۔ برسات کے موسم میں کب بادل کالے ہو جائیں گے اور کب سنہری دھوپ نکل آئے گی، اس کا اندازہ لگانا مشکل ہوتا ہے۔

میں نے اپنی کار کی چابی گھمائی اور ۴۰ کی رفتار سے خراماں خراماں چلاتی ہوئی شہیر پارک کے گیٹ تک پہنچ گئی۔ دوسرے پارکوں کے بہ نسبت یہاں کا ٹکٹ بہت مہنگا نہیں تھا۔ دس روپئے کا نوٹ میں نے ونڈو پر رکھ دیا۔ اور ٹکٹ لے کر پارک کے اندر داخل ہو گئی۔ مجھے اس بینچ پر بیٹھے ہوئے ایک گھنٹے سے زیادہ ہو گیا تھا۔ ہوا کے زور سے درخت کی زرد اور کمزور پتیاں ٹوٹ کر میرے اوپر گرتی جا رہی تھیں۔ مگر مجھے ان کا جھرنا، ان کا ٹوٹنا بھی اچھا لگ رہا تھا۔ چھونے پر زرد پتوں کی کُرمُری سی آواز مجھے بھلی لگ رہی تھی۔

اچانک ہواؤں کا بہنا تھم گیا۔ ٹکڑوں ٹکڑوں میں بکھرے بادل یکجاں ہونے لگے۔ لوگ تیزی سے گیٹ کی طرف بڑھ رہے تھے۔ بڑھتی ہوئی اُمس مجھے اشارے دے رہی تھی کہ اب مجھے بھی چلنا چاہئے۔ بھیڑ کے ساتھ میں بھی باہر نکلی ہی تھی کہ تیز بارش شروع ہو گئی۔ بھاگتے قدموں سے میں اپنی کار تک پہنچی۔ گاڑی اسٹارٹ کی اور شاہ راہ کی طرف بڑھ گئی۔

اچانک ذہن کو شدید جھٹکا لگا، پرس تو میں بینچ پر ہی بھول کر آ گئی۔ جلدی سے میں

نے گاڑی سائڈ کر کے سڑک کے کنارے کھڑی کر دی۔ شیشہ نیچے کر کے کھڑکی سے باہر جھانکا، پانی کی تیز پھوہاریں میرے چہرے کے ساتھ میری گردن اور کرتے کے کالر کو بھگو گئیں۔

'اتنی تیز بارش میں تو میں گاڑی چلا ہی نہیں سکتی۔' تبھی میری نگاہ بیک مرر پر گئی۔ گہرے کاسنی رنگ کا بڑا سا پرس پچھلی سیٹ پر رکھا ہوا تھا۔ یقیناً کار اسٹارٹ کرنے سے پہلے میں نے ہی اسے گاڑی کی پچھلی سیٹ پر رکھا ہو گا۔

گہرے اطمینان کے ساتھ ہاتھ پیچھے لے جا کر پرس اُٹھایا اور زپ کھول کر اندر دیکھنے لگی۔ ڈائری کے ساتھ ضروری کاغذات رکھے ہوئے تھے۔ یہ ڈائری کیلنڈر ڈائری تھی۔ پہلی جنوری ۲۰۱۱ سے اکتیس دسمبر ۲۰۱۱ تک کے سارے صفحات یعنی ۳۶۵ دن کے ۳۶۵ صفحات لیکن ہر صفحہ بھرا ہوا ایسا نہیں تھا۔ بہت سے صفحات خالی بھی پڑے تھے۔۔ کئی بار کوشش کی کہ خالی نہ صحیح، مگر بھرے صفحات کے نمبر تو گن لوں، مگر ہر بار صفحہ گننے سے پہلے ہمّت چھوٹ جاتی، آنکھیں بھیگ جاتیں اور میں ڈائری کو اپنے پرس میں ڈال لیتی۔ جو باتیں بھولنا چاہتی ہوں وہ بھولتی نہیں اور جسے یاد رکھنا چاہئے وہ بھول جاتی ہوں۔ مجھے اپنے آپ سے کوفت ہوئی۔

بارش کا شور ہلکا پڑنے لگا۔ ڈرائیونگ کرنا اب مشکل نہیں تھا۔ شاہراہ یہاں سے بیس پچیس قدم کی دوری پر تھی اور وہاں پہنچ کر مجھے دائیں گھومنا تھا، نہیں! اس سے نہیں اگلے شاہراہ سے، جسے لوگ لال بتّی والا چوراہا کہتے ہیں۔ وہیں سے دائیں جانب مڑنا ہے۔ شام ڈھلتی جا رہی تھی اور دھند لکا بڑھتا جا رہا تھا۔ میں نے کار اسٹارٹ کی اور اس شاہراہ کو چھوڑ کر اگلے شاہراہ کی طرف بڑھ گئی۔ لال بتّی والا چوراہا، دائیں گھوموں گی تو چرچ آئے گا۔ چرچ پر پہنچ کر میں نے گاڑی روک دی۔ چوراہے کے شیڈ کے نیچے کھڑا پولس والا مجھے

سوالیہ نگاہوں سے دیکھ رہا تھا۔ کیونکہ موسم کے مزاج اب بھی برہم تھے اور میری ڈرائیونگ بتارہی تھی کہ میں کنفیوزڈ لیڈی ہوں۔ اس کی نگاہوں سے بچنے کے لئے میں نے تیزی سے گاڑی داہنے جانب کاٹا اور پوری رفتار کے ساتھ آگے بڑھ گئی۔ کچھ دور جانے پر سامنے ہی مجھے ایک بورڈ نظر آیا جس میں نشاندہی کی گئی تھی کہ اس سڑک سے دائیں مڑنے پر ریلوے اسٹیشن آتا ہے اور بائیں مڑنے پر کچہری روڈ آئے گی۔ مجھے سول لائنس جانا تھا جہاں فرحت اپارٹمنٹ کے تیسرے فلور پر میں رہتی ہوں۔ جھنجھلا کر میں نے گاڑی بئیک کی اور پولس والے کو گالیاں بکتے ہوئے پوری رفتار سے گاڑی بائیں جانب موڑلی۔ میں جانتی تھی کہ چڑھے ہوئے شیشے سے پولس والا میری گالیاں نہیں سن پائے گا۔ مگر میں اس کی آنکھوں کے ترچھے پن کو محسوس کر رہی تھی۔ بائیں جانب سے آگے بڑھی تو پولس تھانہ نظر آیا جو میرے گھر کے راستے سے مختلف سمت کی طرف پڑتا تھا۔ یعنی میں غلط راستے پر ہوں۔ مجھے پھر شاہراہ سے واپس لوٹنا پڑے گا۔ میں گھبرا اُٹھی۔ دل زور زور دھڑکنے لگا۔ ہاتھ پیر سے پسینے چھوٹنے لگے۔ ایسا نہیں تھا کہ میں بڑھتے ہوئے اندھیرے سے ڈر رہی تھی۔ ایک کیا سیکڑوں پولس والے آ جائیں تب بھی میں نہ گھبراؤں۔ مگر۔۔۔؟ میں نے گاڑی سڑک کے کنارے کر کے روک دی۔ سلیم صاحب نے کتنی بار کہا کہ میں اپنے موبائل میں GPS app لیں لوں مگر میں ہر بار ان کی بات ٹال جاتی اور پیار سے کہتی، 'تم ہو نہ۔ پھر کس بات کا ڈر۔' وہ بھی خاموش ہو جاتے۔

میں نے بیک مرر میں اپنی شکل دیکھی۔ بالوں کے پف میں پھنسے گاگلس کے شیشے پر بھی پانی کے قطرے ٹھہرے ہوئے تھے۔ پیشانی پر ہلکی سی نمی اُتر آئی تھی۔ گرین شیڈ کا کاجل واٹر پروف ہونے کی وجہ سے ابھی تک گالوں پر پھیلا نہیں تھا۔ ہلکے شیڈ کی لپسٹک نیم تاریکی میں بھی اپنے گلابی پن کا احساس لئے ہوئے تھی۔ میں نے جینس پر پیازی رنگ

کی کرتی پہن رکھی تھی جو میری کھلتی رنگت پر کافی جنچتی ہے، ایسا حبیب صاحب کئی بار کہہ چکے تھے۔ مجھے سجنے سنورنے کا اب کوئی شوق نہیں رہ گیا تھا۔ میرے دل کی اُمنگیں اب ٹھنڈی پڑ چکی تھیں۔ میں تو یہ سب سلیم صاحب کے کہنے پر کرتی تھیں۔ کہنا ان کی ڈیوٹی اور کرنا میری مجبوری۔ ڈائری بھی میں نے انہیں کے کہنے پر لکھنا شروع کیا تھا۔ سلیم وہی کہتے، جسے کرنے کے لئے ڈاکٹر مشورہ دیتا۔ وہ مجھے ذہنی اور جسمانی طور پر صحت مند دیکھنا چاہتے تھے اور میں تھی جو خود کو سنبھالنے کی کوشش میں بکھرتی جارہی تھی۔ جہاں میرا بس نہیں وہاں میں کر بھی کیا سکتی تھی۔ سلیم کہتے کہ یہ میرا نفسیاتی معاملہ ہے مگر جانتی تھی کہ میں خطرے کی حد میں داخل ہو چکی ہوں۔ اگر میں نے اپنی ماں کو اتنے قریب سے نہ دیکھا ہوتا، نہ جانا ہوتا تو شاید میں بھی اسے نفسیاتی معاملہ سمجھتی۔ ماں کی شروعات بھی تو کچھ اسی طرح سے ہوئی تھی۔ وہ گھر کی چابیاں رکھ کر بھول جاتیں، اور پھر گھنٹوں تلاشا کرتیں۔ چابی کبھی باورچی خانے میں ملتی اور کبھی غسل خانے کے طاق پر۔ میں بھی گھر کی تو نہیں مگر کار کی چابی رکھ کر بھول جاتی ہوں۔ چھ بچوں، ابا اور ملازِم کے درمیان چکر گھنی کی طرح گھومتی ماں جب یہ بھولنے لگیں کہ انہوں نے کھانا کب کھایا تو پہلی بار ابا کو فکر ہوئی کہ یہ کیا ہو رہا ہے۔ شک کی بنا پر کبھی وہ بھوکی رہ جاتیں کہ انہوں نے کھانا کھالیا ہے اور کبھی، کھانا کھانے کے باوجود وہ دوبارہ کھانا کھالیتیں کہ شاید انہوں نے کھانا نہیں کھایا ہے، اس چکر میں اکثر ان کا پیٹ بھی گڑبڑا جاتا۔ وقت گزرتا رہا اور گزرتے وقت کے ساتھ ماں کے ہاتھ سے بہت کچھ چھن گیا۔ ابا ایک سڑک حادثہ میں گزر گئے۔ بیٹا بیٹی سب اپنی اپنی گرہستی میں مصروف ہو گئے اور ماں اپنی بات اپنے اندر لئے اپنے میں گم ہوتی چلی گئیں۔ کبھی کبھی ایسا بھی ہوتا، ان پر بولتے رہنے کا جنون سوار ہو جاتا۔ ماضی کی باتیں وہ اس طرح کرنے لگتیں جیسے وہ آج ہی کل کی بات ہو۔ بیٹے کی شکل

میں انہیں ابا نظر آتے اور وہ بھائی کو ابا کے نام سے پکارنے لگتیں۔ میری ڈائری کا وہ صفحہ آج بھی مجھے رلاتا ہے جس میں وہ لمحہ قلم بند کیا تھا جب میرے سامنے ہی میری ماں کو بچوں نے پاگل کہا تھا۔ میں چیخی چلائی مگر پھٹکار مجھے ہی ملی وہ تو بچے ہیں، میں تو سمجھدار ہوں، گھر کو کیوں رسوا کرتی ہوں۔ میں نے چپ سادھ لی اس ڈر سے کہ کہیں ایسا نہ ہو جائے، مجھ پر گھر میں داخل ہونے کی پابندی لگا دی جائے۔ میں ان کے حق میں کبھی کچھ آہستہ لہجے میں بولتی تو ماں اجنبی آنکھوں سے مجھے دیکھا کرتیں۔ وہ آنکھیں کوری ہوتیں۔ ان میں کوئی جذبہ نہیں اُبھرتا تھا۔ ڈاکٹر نے کہا کہ یہ بھی ان کے مرض کی ایک علامت ہے۔

میں سلیم کے ساتھ کچھ دنوں کے لئے شہر سے باہر گئی ہوئی تھی۔ لوٹی تو سب سے پہلے ماں کے گھر کی طرف رُخ کیا۔ کچھ دیر ان کے پاس بیٹھنے کے بعد میں نے دھیرے سے پوچھا۔۔۔

"امی! آپ نے کچھ کھایا۔"

وہ نہ میں سر گھمانے لگیں۔ پھر کتنی دیر وہ آوازیں انہیں پھٹکارتی رہیں، جن کے ہاتھوں میں اب گھر کی چابی آگئی تھی۔ امی نے آنکھیں بند کر لیں۔ ان آنکھوں میں گہرا خوف تھا۔ اپنے ہی گھر میں، اپنے ہی کمرے میں، اپنے ہی بستر کی وہ قیدی بن چکی تھیں۔ برین اِسٹروک کے بعد پیرالائزڈ ہو کر وہ پچھلے ایک سال سے بستر پر پڑی تھیں۔ ڈاکٹر کہتا مرض ہاتھ سے نکل چکا ہے، اب صرف ان کی دیکھ بھال کیجئے۔ سب کے ہوتے ہوئے بھی اب دیکھ بھال کرنے والا کوئی نہیں بچا تھا۔ سب کی اپنی مصروفیت تھی اور جن کے پاس وقت تھا، جو شب و روز گھر میں ہی رہتے تھے، وہ ان کے اپنے نہیں تھے۔ رشتہ جڑ جانے سے ہی کوئی اپنا نہیں ہو جاتا۔

اچانک پرس میں رکھا ہوا موبائل بج اُٹھا۔۔۔ "کہاں ہو تم؟ کیا کلاس ابھی ختم نہیں ہوئی؟"

"کلاس تو اپنے وقت پر ختم ہو گئی۔ میں ہی بھٹک گئی ہوں۔"

"اُف! ابھی کہاں کھڑی ہو؟"

میں نے تفصیل سے سلیم کو جگہ بتائی اور اتنی ہی تفصیل سے سلیم مجھے آگے کا راستہ سمجھانے لگے۔ تھوڑی دیر کے بعد میں اپنے اپارٹمنٹ کے کار پارکنگ ایریا میں پہنچ گئی۔ اتنی ذہنی جدوجہد کے بعد میں بری طرح تھک گئی تھی۔ میں جانتی تھی کہ اب سلیم میری کلاس لیں گے کہ میں ضروری باتوں کو کیسے بھول جاتی ہوں۔ کیوں بھول جاتی ہوں۔ میری زندگی عام عورتوں سے بہتر ہے۔ میں ان سے زیادہ عیش میں جی رہی ہوں، پھر ایسی کیا کمی رہ گئی ہے جو مجھے جیتے جی غار میں ڈھکیل رہی ہے۔ پچھلے چھ ماہ سے جو کچھ میرے ساتھ ہو رہا ہے وہ ٹھیک نہیں ہے۔ اپنی یادداشت پر میری گرفت ڈھیلی پڑ رہی تھی۔ میرا ذہن خلاء میں بھٹکتا رہتا۔ جو میں سوچنا نہیں چاہتی تھی وہی باتیں بار بار میرے ذہن کو پریشان کرتی تھیں۔ سلیم میرے ساتھ بچوں کی طرح پیش آتے تھے مگر تھے تو مرد ہی، کبھی کبھی بری طرح جھنجھلا جاتے تھے۔ ایک ایک بات سو سو بار سمجھاتے مگر میں تھی کہ، اچانک موبائل کی رنگ پھر سے ہوئی۔ میں سمجھ گئی کہ اب کہ سلیم پھر مجھے ڈانٹیں گے مگر اس بار فون میرے بیٹے کا تھا۔ جو دبئی میں سول انجینیر ہے۔۔۔ "مماں کیا حال ہے۔ کیسی طبیعت ہے تمہاری۔"

"میں بالکل ٹھیک ہوں بیٹا۔"

"کلاس کرنے جا رہی ہیں نہ؟"

"ہاں! روز جاتی ہوں۔"

"کچھ دن ہم لوگوں کے پاس بھی آ جائیں۔ ہوا پانی بدلنے سے صحت بحال ہوتی ہے۔"

"بالکل آؤں گی۔ بچوں کو دعائیں کہنا۔ بہو سے کہنا، پانچ برس گزر گئے۔ اب ایک چکر وہ انڈیا کا بھی لگالے۔ یہاں بھی اس کے اپنے بستے ہیں۔ تم دونوں بھائی بہن تو جیسے پردیسی ہو کر رہ گئے۔ ذکیہ کیسی ہے۔ کئی دنوں سے اس کا بھی فون نہیں آیا۔"

"اس کے بچوں کے امتحان چل رہے ہیں مماں! میں آپ کی خیریت اس کو بتا دوں گا۔"

"ٹھیک ہے۔ اس سے کہنا جب فرصت میں آجائے تو ضرور مجھے فون کرلے۔ بہو کی آواز سننے کے لئے تو میں ترس کر رہ گئی۔"

بیٹے نے میری بات کا کوئی جواب نہیں دیا اور اللہ حافظ کہہ کر فون رکھ دیا۔ میں سوچنے لگی جب سلیم کو یہ سب باتیں بری لگتی ہی نہیں پھر میں کیوں ہر دن اپنے بچوں کے گھر لوٹنے کا انتظار کرتی رہتی ہوں۔ سلیم مجھے پھٹکارتے۔۔۔۔ "تم تو اس طرح انتظار کر رہی ہو جیسے وہ اسکول گئے ہوں اور ابھی شام ڈھلتے ڈھلتے گھر لوٹ آئیں گے۔"

ایک دن ایسا ہوا کہ میں سچ مچ اپارٹمنٹ کے گیٹ پر جاکر کھڑی ہو گئی۔ اسکول کی بسیں لوٹ رہی تھیں اور میں ان کو آتے جاتے دیکھ رہی تھیں۔ دیکھنا اچھا لگ رہا تھا۔ اسی وقت سلیم آ گئے۔ انہوں نے مجھ سے کچھ نہیں کہا اور میری کلائی تھام کر مجھے گھر کے اندر لے آئے۔ اسی شام مجھے وہ ڈاکٹر کے پاس لے گئے۔ پھر تو میری روزمرہ کی زندگی ہی بدل گئی۔ میرے شب و روز اب ڈاکٹر اور سلیم کے ہاتھ میں تھے۔ جو وہ کہتے مجھے کرنا ہوتا۔ میرا لباس، میرے بالوں کی کٹنگ، میرا گھومنا پھرنا سب سلیم طئے کرتے۔ تبدیلی ذہن کو تر و تازہ بناتی ہے۔ میں ہر چیز سے بے زار رہتی اور سلیم۔۔۔۔ سلیم تو مجھ سے پانچ برس

پہلے ہی ریٹائر ہو گئے تھے پھر بھی۔۔۔۔۔۔ پھر بھی کا سوال مجھے پریشان کرتا رہتا۔

میری عمر ۶۰ کو پار کر چکی تھی اور میرے اوپر کسی دیو زاد کی طرح ڈیمنشیا[DEMENTIA] سوار ہو رہا ہے۔ مرض ہی ایسا ہے کہ حال فراموش ہوتا جا رہا ہے اور ماضی ذہن کو اپنی گرفت میں لے رہا ہے۔ ڈاکٹر کے مشورے کے بعد میں نے مسز کاشف کا اِدارہ جوائن کر لیا۔ پھر بھی میں کہیں کچھ بھول جانے، خود کے کھو جانے کے احساس سے خوف زدہ رہتی ہوں۔ ڈرتی ہوں کی سب کچھ چھوڑ کر گھر کے اندر بیٹھ گئی تو اپنی ماں کے انجام پر پہنچ جاؤں گی۔ اسی لئے عمر کے چوتھے پڑاؤ پر آ کر پھر سے زندگی نئے سرے سے جینے کا ہنر سیکھ رہی ہوں۔ آرٹ آف لونگ کلاس میں میرے قہقہے اپنے تمام ساتھیوں سے اوپر رہتے ہیں۔ مسز کاشف مجھ سے بہت خوش ہیں مگر میں اپنے آپ سے بے حد دکھی ہوں اور خوش رہنے کی جدوجہد میں مسلسل خود کو کوشاں رکھتی ہوں۔

(۱۱) پہاڑ ندی عورت

خورشید حیات

سامنے والی برتھ پر بیٹھی وہ، اپنی انگلیوں میں پھنسے برش سے، کینوس پر اتر آئے الگ الگ رنگوں میں بہت پیچھے کی طرف چھوٹتی ہوئی زندگی کے ان گلیاروں کو ڈھونڈ رہی تھی جہاں اٹکن چٹکن دہی چٹاکن کا کھیل تو تھا مگر لکیریں نہیں تھیں۔ بے چینی کے عالم میں اس نے HA-1 کوچ کی کھڑکی سے سرمئی بادلوں کے ان سلسلوں کو دیکھنا چاہا جو کبھی ساون کے موسم میں دواریکا سے تغلق آباد اور حضرت نظام الدین سے ہری دوار تک کے سفر میں ایک دوسرے سے جڑے ہوئے دکھائی دیتے تھے۔ مگر ایک آج کا ساون ہے بادلوں کے سلسلے تو ہیں مگر اپنی صفات سے باہر ٹوٹے ہوئے بکھرے ہوئے، الگ الگ قبیلوں میں بٹے ہوئے۔ اب قبیلہ کہاں، معاشرہ کدھر؟؟

آج ہمارا معاشرہ ٹو۔بی۔ایچ کے (BHK2) فلیٹ میں اکڑوں بیٹھا ہے، اور سنہری تہذیب کا آنگن گمشدہ پنچھی کی طرح۔

ایک طرف پیچھے کی طرف بھاگتے ہوئے کھیت تھے، کھلیان تھے۔ دوسری طرف ماہی گیروں کی بستیوں میں مچھلیوں کو ندیوں کے خلاف ورغلایا جا رہا تھا۔ مذہبی، نسلی اور لسانی گروہوں کی کشیدگی ظاہر ہو رہی تھی۔

ٹائر کی چپل پہلے ایک بوڑھا، آنکھوں پر، پاور کے چشمہ کو، موٹی ستلی سے کانوں میں پھنسائے، ماڈل اسٹیشن کے پلیٹ فارم نمبر دو پر کھڑا، بھاگتی ہوئی ٹرین کی رفتار کو دیکھ رہا

تھا۔

وہ کھڑکی سے کچھ اس قدر چپکی ہوئی تھی کہ اس کے رخسار کا سرخ رنگ کانچ کی کھڑکی پر ابھر آیا تھا، پیشانی پر لکیریں تھیں اور آنکھوں میں بادلوں سے جھانکتا ہوا سورج۔

بہت ممکن تھا ہو جاتا کسی بھی غیر کا یہ دل
تری سانسوں کی گر دھڑکن میری عادی نہیں ہوتی

بھاگتی ہوئی ٹرین کا اپنا ایک رنگ تھا۔ WAP7 LOCO کی Level Xing Gate پر چیختی ہوئی آوازوں سے بے خبر، رنگ برنگی روشنی میں لپٹے ہوئے، بے کیف چہرے، انجام سے بے خبر ٹریک پر چل رہے تھے۔

ہر زندگی رنگ کی اپنی دھڑکن ہوتی ہے اور ہر دھڑکن میں زندگی کی سانسیں۔ ان سانسوں پر ہمارا اختیار کہاں، اف یہ زندگی بھی نا خود کو کیا کیا سمجھ بیٹھتی ہے۔ سوئے ہوئے شہر کو جگانے والے چہرے یہاں پری کہانی کردار بن جاتے ہیں۔

میرے اندر یہ کون بول رہا ہے۔

شاید یہ وہی شہزادی ہے جو جسم کی سرحدوں کو توڑ کر روح کی قبا کے ساتھ بہت دور نکل جاتی ہے۔ لوٹ آتی ہے، اور پھر چلی جاتی ہے۔ چھوڑ جاتی ہے، رنگوں کی خوشبوئیں اور خوابوں کی آہٹیں۔ پھر شروع ہوتا ہے خود سے خود کے مکالمے کا کبھی ختم نہ ہونے والا ایک نیا سلسلہ۔

کہیں یہ وہی شہزادی تو نہیں جو سادگی کی لباس میں لپٹی ہوئی سامنے والی برتھ پر بیٹھی اجالوں میں رنگوں سے کھیل رہی ہے۔ نئے سروں کے ساتھ اے سی کوچ کی ٹھنڈی

ہواؤں میں گھل مل رہی ہے۔

دونوں ایک ہی دشا کے مسافر تھے۔ وہ رنگوں میں زندگی تلاش کر رہی تھی اور 'وہ' ان رنگوں میں اپنی شہزادی کو دیکھ رہا تھا۔ "میں" میں اتر کر "میں" کی تلاش اب کہاں کوئی کرتا ہے اب تو صرف وہ اور وہ سب کی باتیں ہوتی ہیں۔ وہ دو ہاتھ کس کے ہیں۔ کہاں سے آتے ہیں اور چند لمحوں میں معصوم پرندوں کے پر کتر کر چلے جاتے ہیں اور پھر شروع ہوتا مہاجرت کا ایک نیا قصہ۔ خوف و دہشت کی چادر میں لپٹے ہوئے چہرے اپنے اپنے گھونسلوں کے بکھرے ہوئے تنکوں سے جھانکتے ہیں اور صحافی کا کیمرہ ان کا پیچھا کرتا دکھائی دیتا ہے۔ وہ شہر جس کی تہذیب کی پہچان وہاں کی شام ہوا کرتی تھی وہاں آدمی کا جنگل تو ہے مگر درختوں کی بازوئیں کٹی ہوئیں، ترقی کرتے ہوئے شہر کے آدمی کی نگاہیں جب جب برہنہ ہوئیں تو درخت ننگے، اور جڑیں کمزور ہوتی چلی گئیں۔

سنتے ہیں وہ شہزادی جب سے داستان رنگ حویلی کو چھوڑ کر چلی گئی وہاں اب کسی آسیب کا سایہ ہے اور اس حویلی کے سامنے پہاڑ کی مضبوط بانہوں سے آزاد ہوتی ہوئی ندی کے اطراف میں جھاڑ پھونک والوں کی دکانیں آباد ہو چکی ہیں۔ آدھا ادھورا آدمی سب کی مرادیں پوری کرنے والا بن گیا ہے۔

او میری شہزادی تم حویلی چھوڑ کر کیوں چلی گئیں؟

زندگی میں پل کتنے تھے شہزادی نے کبھی نہیں گنا، ہتھیلی کی نرم انگلیاں تو تھیں مگر ان انگلیوں پر گنتی گننے کا سلیقہ اسے کبھی نہ آیا۔ ہر لمحہ میں خوشیاں کتنی تھیں۔؟

موسم کے خوبصورت مزاج کے ساتھ جب کبھی شہزادی حویلی سے بہت دور نکل جانے والی گپھاؤں سے گزرتی ایک سفید روشنی اس کے قدموں کی آہٹ سے آگے چلتی دکھائی دیتی۔

اس کے جسم سے لپٹے ہوئے چوڑی دار اور کرتے کی ہر سلائی میں روح کے دھاگے تھے۔ وہ ہر جگہ موجود تھی اور نہیں بھی تھی۔ پتا نہیں وہ کس دیار میں کس کے اختیار میں تھی۔

سامنے کی برتھ پر بیٹھی وہ پینٹنگ مکمل کر چکی تھی۔ اور دوسری طرف وہ اب بھی اس کے چہرے میں اپنی شہزادی کا چہرہ پڑھ رہا تھا کہ شہزادی بھی تتلیوں کے رنگوں کو زندگی کے کینوس پر اتارا کرتی تھی۔

ہر ماں کا چہرہ وہ اتنے قریب سے کیوں دیکھنا چاہتا ہے؟

کیوں زندگی کتاب چہرے کے ہر ورق کو قمقموں سے سجانا چاہتا ہے۔؟

شاید وہ زندگی کے ہر ورق سے ابھرنے والی عورت، سمندر اور سڑک یا پھر ندی، سڑک پہاڑ کی موسیقی کو زندگی کے سر اور تال کے ساتھ ملانا چاہتا ہے۔

آج تک خود کو وہ پہچان نہیں سکا۔

اس کا چہرہ سمندر، پہاڑ جیسا ہے یا پھر ندی جیسا۔

شاید اس کی آنکھوں سے ایک ندی بہتی ہے جو سمندر کو ایک نئی پہچان دے جاتی ہے۔ ندی پچھلے موسم کی، شہزادی۔ سمندر آج کا مرد اور پہاڑ۔؟

روشنی میں نہائی ہوئی سڑک۔۔؟؟

اس نے کئی مرتبہ خود کو آوازوں کے پیچھے بھاگتے ہوئے محسوس کیا ہے۔

پاپا آج ہاسٹل میس سے کھانا نہیں آئے گا؟

کیوں؟

"آج گنیش پوجا ہے"

"کیا کھاؤ گی؟"

ویج بریانی۔ گوبھی مٹر آلو، گاجر، سویابن، فرش بن سب ڈال دینا۔

الگ الگ کھیتوں میں اُگی ہوئی یہ سبزیاں جب ایک ساتھ ملتی ہیں۔ چاول کے دانوں کے ساتھ، گرم مسالوں کے ساتھ، بھاپ سے پکتی ہیں تو ایک نئی خوشبو کچن سے نکل کر پڑوس کے کچن تک سرحدوں کو توڑتے ہوئے پہنچ جاتی ہیں۔ خوشبوئیں لکیروں کو نہیں مانتیں۔ یہ ہوائیں کتنی معصوم ہوتی ہیں۔ یہاں تہذیب کی نہ تو کوئی جنگ ہوتی ہے اور نہ ہی کوئی دیواریں۔

تم نے کہا اندھیرا ہے اس نے کہا اجالا پھر تم نے کہا اجالا ہے اس نے کہا اندھیرا تم نے کہا گنبدوں سے صدائیں آ رہی ہیں اس نے کہا اونچے پہاڑوں سے ایک نئی جاگرتی لیے مند اکنی ململ کی ساڑی میں لپٹی ہوئی اتر رہی ہے تم نے پھر کہہ دیا نہیں اس ہاں اور نہیں میں کتنے دور ہو گئے تم اندھے اور بہرے بھی کہہ دونا نہیں، نہیں، نہیں۔ کوئی نہیں صرف "وہ" دیکھونا سنونا پورے برہمانڈ سے ہر لمحہ ایک ہی آواز آتی ہے چلو پیچھا کرتے ہیں فطرت کی گود سے ابھرنے والی آوازوں کا پرندوں کی طرح، لہروں کی طرح۔ تھوڑی دیر مون رہ کر ہم خود میں خود کی تلاش کیوں نہیں کرتے؟

"آپ کہاں جا رہے ہیں؟" رنگوں سے کھیل رہی اس عورت نے خاموشی کو اپنی آواز دی۔ شاید اس کی پینٹنگ مکمل ہو چکی تھی۔

"جی، میں" —جہاں تک یہ ٹرین جا رہی ہے۔

"مطلب ہری دوار۔"

"جی ہاں"

"میں بھی۔"

تنہا سفر کرنا بہت مشکل ہوتا ہے نا، خاص کر تب جب سفر لمبا ہو اور باتیں کرنے والا کوئی نہیں۔

'کیوں ایسا کیوں؟' اپنے کینوس، برش اور رنگوں کے سمیٹتے ہوئے۔ اس نے اپنے بیگ سے کیمرہ نکالا اور قریب آ کر کیمرے میں قید اپنی پنٹنگ دکھانے لگی۔ اس کی پنٹنگ کے ساتھ ساتھ اس کی انگلیاں بھی بول رہی تھیں کہ آج نئی صدی میں انگلیاں بولتی ہیں اور زبان خاموش رہتی ہے۔ کبھی انگلیاں کی بورڈ پر تھرکتے ہوئے باتیں کرتی ہیں تو کبھی انگلیوں میں پھنسے برش رنگوں کو ایک نئی زبان عطا کرنے کا ذریعہ بن جاتے ہیں۔

حنائی رنگ زلفوں کو بکھیرتے ہوئے اس نے پوچھا۔ "تمہارا نام"

'ندی'

'اچھا اچھا تم خود کو ندی سمجھ بیٹھے ہو۔ لگتے تو ہو پہاڑ جیسے مضبوط ارادے والے۔

کسی حد تک ٹھیک ہی سمجھا تم نے، ایک ایسا پہاڑ جس کی مضبوط بانہوں سے ندی آزاد ہوتی ہے۔ آج تو بارودوں سے اس کی پسلیاں توڑی جا رہی ہیں۔

"اُف یہ بارود سے ٹوٹتی ہوئی پسلیوں کا درد!"

رنگوں سے کھیلنے والی اے عورت شاید تم بھی پہاڑ ندی ہو۔

ایک مسکراہٹ اس کے ہونٹوں پر پھیل گئی۔ ایسا محسوس ہوا جیسے ندی بدن پر پہاڑ نے اپنی مضبوط انگلیوں سے ایک نئی عبارت لکھنے کی کوشش کی ہو، مگر ندی کے باندھ نے اسے روک دیا ہو۔

پینٹری کار کے مینجر نے کافی بھجوا دی تھی، اور ساتھ میں کٹ لیٹ بھی۔ زبان خاموش ہوئی ایک نئے ذائقے کے لیے۔ مگر وہ خاموش کہاں رہنے والی تھی۔

جانتے ہیں سر جی ! دواریکا کے پانچ کوؤں کو قریب سے دیکھ کر آئی تو یہاں روحا کنواں مل گیا۔ شاید سات منزلیں بھی۔ سات طواف کی طرح۔ ایسا ہے سر جی ! میرا مطلب ندی پہاڑ۔ وہ ہنسنے لگی۔

میں بہت زیادہ بولتی ہوں اور زیادہ بولنے والوں کے ساتھ آوازوں کا ایک ہجوم چلتا ہے۔ اور آپ بہت کم بولتے ہیں، ہری دوار آنے والا ہے۔ اور اب آپ کو میرے ساتھ 250 کیلو میٹر کار سے سفر کرنا ہے۔ آپ تیار تو ہیں۔

"ہاں تیار ہوں"۔

ہری دوار آچکا تھا اور وہ دونوں کار میں بیٹھ چکے تھے۔ سامنے روشنی میں نہائی ہوئی سڑک تھی، گاؤں کی پگڈنڈی سڑک کی سہیلی بن گئی تھی اور وہ دونوں زندگی کی سڑک پر چلنے والے مسافر۔

وہ سوچنے لگا ہر دن جب وہ آفس سے گھر لوٹتا تو انتظار کرتی ہوئی نگاہیں، زندگی کے گھومتے ہوئے پہیوں کی رفتار بن جانا چاہتی تھیں اور وہ ان نگاہوں کے احترام میں اپنے تھکے ہوئے جسم کی لباس کو کھونٹی پر ٹانگ دیتا اور دھیرے دھیرے وہ، وہ نہیں رہتا جس چہرہ کے ساتھ وہ دفتر میں کچھ دیر پہلے ہوا کرتا تھا۔ وہ گھر میں داخل ہوتے ہی پرندوں کی طرح، کھلی فضا میں اڑنے لگتا، یہ پاکھی من بھی ایک جگہ کہاں رہ پاتا ہے۔

جگمگاتے ہوئے شہر کی چوڑی چھاتی والی سڑک پر کار کی اپنی رفتار تھی اور کار میں

سوار ان دونوں کی سوچ و فکر کی ایک الگ رفتار۔ سفر میں ایک طرح کے خیالات کہاں آتے ہیں، جگمگاتے ہوے شہر میں جاگتی ہوئی زندگی کا قصہ گھومتے ہوئے پہیوں کی طرح ساتھ ساتھ چل رہا تھا۔

کبھی اس کے ساتھ ایک معصوم سی ننھی سی لڑکی چلا کرتی تھی، ندی کی طرح بہا کرتی تھی، انگلیوں کے پور کو چھوتے ہوئے، جب بھی وہ پہاڑ پر بنے عالیشان محل سے نکلتا وہ ساتھ ہو لیتی اور مٹی بدن کہانی کی طرح زندگی کا آنچل تھام لیتی۔

آج شاید وہ دونوں محل سے دور شہد کی بہتی ہوئی نہروں سے کھیلنے گئی اس شہزادی کو ڈھونڈنے نکلے تھے، جو بیتی راتوں کے ہر اجالے میں موجود ہے۔

وہ کون تھی، کہاں سے آئی تھی اور کدھر گم ہو گئی؟

کیا وہ سرسوتی تھی، یا پھر کوئی پہاڑن عورت۔ شہزادی؟

کہیں وہ مندا کنی تو نہیں تھی؟؟

کچھ چہرے گم ہونے سے پہلے منزل کا پتہ دے جاتے ہیں۔ شاید وہ شہزادی بھی جو مچلتی ہوئی ندی کی طرح تھی، نظروں سے اوجھل ہونے سے پہلے اپنی سہیلی سڑک کو ساری داستان سنا گئی تھی، شاید تبھی سے سڑک اپنے عہد کی تاریخ کی خاموش گواہ بنتی جا رہی ہے۔

قدرت نے اس شہزادی کی فطرت میں ندی کی طرح بہنا لکھا تھا مگر نئی تہذیب کی پھیلتی ہوئی جڑوں نے اسے سسکنے پر مجبور کر دیا، درخت لگانے کی روایت ختم ہو گئی اور جڑوں کو کریدنے کی نئی روایت کی شروعات ہو گئی۔ پیاسوں کے لیے کنواں کھودنے کا سلسلہ ختم ہو گیا۔

وہ دونوں کار میں سوار شہر سے دور پہاڑی علاقے میں آ گئے تھے، قدرت کے بے

شمار خوبصورت نظارے نگاہوں کے سامنے تھے۔ مگر ان پہاڑوں پر بھی انسان کی نظر پڑ گئی تھی اور اس کے مضبوط سینے کو چھلنی کیا جارہا تھا۔ بارود کی مہک دور سے آرہی تھی۔ آدمی کی روح پانی سے خالی ہو چکی تھی اور زمین کی سطح پیاسی۔

دور کسی ڈھابے سے سل بٹا پر مسالہ پیسنے کی آواز نے انھیں چونکایا اور بھوک کا احساس بھی دلایا، ڈھابا میں وہ کون ہے جو اتنی رات گئے مشین کو چھوڑ کر پہاڑ کی موسیقی سے جڑ رہا ہے۔ کار کے گھومتے ہوئے پہیے تھم گئے اور وہ دونوں سل بٹا سے آنے والی آوازوں کے قریب پہنچے۔

مگر وہاں تو کوئی نہیں تھا —

ڈھابا تھا — مگر آدمی کے چہرے ایک بھی موجود نہیں تھے، چولھے تھے مگر اس میں آگ نہیں، پانی رکھنے کے لیے بڑے بڑے ڈرام تھے، مگر اس میں پانی نہیں، ٹین کی چھتیں تھیں، مگر ایسا لگتا تھا جیسے پچھم کی طرف سے کوئی تیز آندھی آئی اور سب کچھ اڑا کر لے گئی۔

وہ دونوں گھبرانے لگے، اور تھوڑا سہم سے بھی گئے، یہ کیسا سفر تھا، جس میں وہ ہوتے ہوئے بھی موجود نہیں تھے، دوڑ کر وہ دونوں اپنی کار میں واپس آتے ہیں۔ کار اسٹارٹ ہوتی ہے۔ مگر یہ کیا؟ آگے کی سڑک ندی میں سماگئی تھی، اور پہاڑ روئی کے گالے کی طرح ندی کی طرف لڑھک رہا تھا۔

وہ سڑک جس نے شمال اور جنوب کے فرق کو مٹا دیا تھا آخر کیوں وہ ندی، درخت اور پہاڑ کے ساتھ ہو گئی۔

دونوں نے دیکھا کہ گاؤں کی ساری عورتیں، زندہ تھیں اور سارے مرد چیختی ہوئی ندی میں خاموش ہو گئے تھے، آوازیں ہمیشہ کے لیے سو گئی تھیں۔

ایک بیٹی اپنے بابا کی ننگی لاش سے لپٹ کر رو رہی تھی، جسم پر ایک بھی کپڑا نہیں تھا اور انگلیاں کٹی ہوئی تھیں۔ شاید کوئی مرد انگلیوں کو سونے کی انگوٹھیوں کے ساتھ کاٹ کر لے بھاگا تھا۔

یہ لاشیں، یہ کٹی ہوئی انگلیاں کہیں آج کے آدمی کی تو نہیں؟

کار اب تیز رفتار سے اسی طرف جا رہی تھی جہاں سے دونوں نے اس سفر کی شروعات کی تھی۔ بغل والی سیٹ پر ندی جیسی ایک عورت تھی اور "وہ" شاید ایک پہاڑ۔ ایک ایسا پہاڑ جس نے ندی بدن کا استحصال کبھی نہیں کیا تھا۔ ندی کو روندنے والے اکثر مرد ہی ہوا کرتے ہیں، تو کیا وہ، مرد نہیں۔ صرف ایک پہاڑ جیسا ہے۔

الگ الگ دشاؤں کے دل دہلا دینے والے مناظر کو دیکھ کر لوٹ آیا تھا جسم پھر سے روح کے قریب۔

جسم پر اب روح کی چادر تھی اور نگاہوں میں پہاڑ ندی عورت۔

(۱۲) میں لڑکی نہیں ہوں کیا؟

امیتابھ ورما

شام ہولے سے اپنا پلو سمیٹ رخصت ہو چکی تھی۔ رات کو جوانی کی دہلیز پر قدم رکھنے میں دیر تھی۔ سریکھا اپنے کمرے میں تھی، دوسی منزل پر۔ چھوٹا سا ایک کمرہ۔ تین طرف بکھرا دیواروں دروازوں کا مایا جال۔ ایک طرف ایک جھروکا۔ یہی اس کی من پسند جگہ تھی۔ اس کا بستر اسی جھروکے سے سٹ کر لگا تھا۔ کھڑکی کا پردہ ہوا کے جھونکوں میں اٹھلاتا، پردے میں ٹنکی ننھی ننھی گھنٹیاں ٹنٹن بجتیں۔ بستر سے سریکھا کو آسمان میں ٹمٹماتے تارے اور ان سے اٹھکیلیاں کرتا چاند دکھائی دیتا۔

پاس ہی رکھے ریڈیو پر ایک گیت بج رہا تھا۔ سریکھا آنکھیں میچ کر گیت سننے لگی۔ اچانک اس میٹھے سر کو کرخت آواز نے ڈس لیا۔ شور میں گیت کا وجود گم ہو گیا۔ شور، جو کئی آوازوں کے ملن سے بنا تھا۔ لوہے کے لوہے سے ٹکرانے کی آواز۔ شیشہ چھنچھنا کر ٹوٹنے اور کرچ کرچ بکھرنے کی آواز۔ سڑک کے پتھر دل سینے پر فولاد کے گھسٹنے کی آواز۔ اور پھر، کوئی آواز نہیں۔۔ سناٹا! دل دہلا دینے والا سناٹا! سریکھا گھبرائی۔ اٹھی۔ کھڑکی سے نیچے سڑک کی طرف جھانکا۔

سڑک پر جگنو ہی جگنو بکھرے تھے۔ اسے وشواس نہ ہوا۔ دھیان سے دیکھا۔ وہ کانچ کے ٹکڑے تھے جن پر لیمپ پوسٹ کی روشنی چمک رہی تھی۔ ایک طرف ایک سکوٹر ڈھلکا پڑا تھا۔ دوسری طرف پڑا تھا ایک جسم۔ بس، ایک جسم۔ زندہ یا مردہ، معلوم نہیں۔

سریکھا تھوڑی دیر تاکتی رہی۔ شاید کوئی سڑک سے گزرے۔ شاید وہ جسم ہلے۔ مگر نہیں۔نہ کوئی سڑک سے گزرا،نہ سڑک پر پڑے لاوارث جسم میں کوئی حرکت ہوئی۔

سریکھا کو احساس ہوا۔۔ یہ ایک سڑک کا حادثہ تھا۔ ایک ایسا حادثہ جس میں زخمی کرنے والا شخص سنسان راستے کا فائدہ اٹھا کر فرار ہو گیا تھا۔ سریکھا لپک کر نیچے اتری۔ بھائی گھر نہیں لوٹا تھا۔ماں بابو جی کو بتایا۔ اس سے پہلے کہ ماں بابو جی ٹھیک سے سمجھ پاتے، سریکھا سڑک پر تھی۔ بابو جی بھی لپکتے ہوئے آئے۔ وہ زخمی کو پلٹنے کی کوشش کرنے ہی والے تھے کہ سریکھا نے وارننگ دی۔۔ "نہیں !نہ اسے ہلائیے،نہ اٹھائیے۔ گردن یا پیٹھ میں چوٹ ہو سکتی ہے، بابو جی !"

غنیمت تھی کہ اجنبی نے ہیلمیٹ پہنا ہوا تھا۔ وہ بے ہوش تھا۔ سریکھا پھر بولی، "بابو جی، پلیز! ٹارچ رب العالمین۔۔۔" آدھے راستے آئی ماں پلٹ کر واپس گئیں اور ٹارچ لے آئیں۔ سریکھا نے اجنبی کے منھ میں دو انگلیاں ڈال کر منھ کے اندر جمع چیزیں نکالیں۔ ایک عدد پورا دانت، دانت کا آدھا ٹکڑا، اور خون کا تھوک۔ اجنبی کے گالوں سے خون بہہ رہا تھا۔

سریکھا پھر بولی، "ایک جگ پانی !سیولان !"

تھوڑی دیر بعد اجنبی سریکھا کے ڈرائنگ روم میں تھا۔ مشکل سے بول پا رہا تھا، پر ٹھیک تھا۔ کچھ اشاروں سے، کچھ ڈائری کی مدد سے، اور کچھ بول کر اس نے بتایا کہ اس کا نام اکشت ہے، وہ پی ایچ ڈی کا طالب علم ہے، اور ہوسٹل میں رہتا ہے۔ سریکھا کا بھائی، ونیہ، اکشت کو ہوسٹل چھوڑ آیا۔

مڈل کلاس کے امن پسند خاندان کے لئے یہ واقعہ ٹی وی سیریئل سے زیادہ اہم تھا۔

اس رات سونے تک اسی وقوعے کی گفتگو ہوتی رہی۔ اور ہوتا رہا بکھان سریکھا کی سمجھداری کا۔ جیسے وہ ایم اے کی طالبہ نہ ہو کر ایم بی بی ایس کی طالبہ ہو، یا فلورینس نائٹ انگیل ہو! سریکھا بستر پر لیٹی تو ضرور، پر نیند اس کی آنکھوں سے کوسوں دور تھی۔ پاس تھے خیال، زندگی کے بے سرے پن کے۔ زندگی جیسے مالا ہو منکوں کی۔ منکوں کی کشش پر تو سب ریجھتے ہیں، پر ڈور کی کمزوری کی اور کسی کا دھیان نہیں جاتا۔

اس حادثے کو دو دن بیت گئے۔ بات آئی گئی ہو گئی۔ بچے، تو سڑک پر سکوٹر گھسٹنے کے داغ۔ سریکھا نے ونیہ سے پوچھا، "اس لڑکے کو دیکھا تھا جس کا ایکسڈینٹ ہو گیا تھا؟"

"ہاں! کیا ہوا اسے؟" ونیہ الٹا پوچھ بیٹھا۔

"ارے، میں یہ پوچھ رہی ہوں کہ پھر جا کر دیکھا تھا اسے ہوسٹل میں؟"

"پاگل ہو کیا؟ اس کے دوست ووست ہوں گے، وارڈن شارڈن ہوں گے۔۔ دیکھ ہی لیں گے۔ ہم نے پہلے ہی ضرورت سے زیادہ کر دیا ہے اس کے لئے۔" ونیہ لاپرواہی سے کالر ٹھیک کرتا ہوا بولا۔

بابو جی، ماں، دونوں سن رہے تھے۔ سریکھا کی بات انہیں ٹھیک لگی۔ ونیہ کو جانا پڑا اکشت کو دیکھنے۔ واپس آیا تو بولا، "ماں! اس کا گال توفٹ بال کی طرح پھول گیا ہے۔ بخار بھی ہے۔"

"دوا دارو چل رہی ہے یا نہیں؟" ماں نے پوچھا۔

"دوا تو چل رہی ہے، دارو کے بارے میں پتہ نہیں!" ونیہ شرارت سے بولا۔ پھر سریکھا کی طرف معنی خیز نظروں سے دیکھتا ہوا بولا، "ہم سب کا شکریہ ادا کر رہا تھا۔ خاص طور پر دیدی کا۔"

سریکھا کو تھوڑا غصہ آیا، پر چپ رہی۔ ماں کو سبزیاں کاٹتی چھوڑ وہ اوپر چلی گئی، اپنے کمرے میں۔ ونیہ باہر نکل گیا دوستوں میں۔ سریکھا کافی دیر بعد نیچے اتری، جب ماں نے کھانا کھانے کے لئے آواز دی۔ چپ چاپ کھانا کھایا، ایک آدھ ضروری بات کی، اور چلی گئی واپس اپنی پناہ گاہ، اپنے کمرے میں۔

گم صم رہنا نہ جانے کب سے سریکھا کی عادت بن چکی تھی۔ بابو جی، ماں، ونیہ، سب اس بات سے واقف تھے۔ کب، کون سی بات سریکھا کے جی کو چھو جائے گی، کہنا مشکل تھا۔ ایک بار اداس ہو جائے تو پورا دن، اور کبھی کبھی تو کئی دن لگ جاتے تھے اسے نارمل ہونے میں۔ اس کے مزاج کی گتھیاں سلجھانے میں سب پست ہو جاتے، ہار جاتے۔ سچ پوچھئے، تو اب سب نے یہ کوشش ہی چھوڑ دی تھی۔ تنہائی ہی ہمدرد تھی، ہم راز تھی سریکھا کی۔ باقی ساتھی جیسے کوئی تھا ہی نہیں۔

ایک صبح سریکھا نہا کر کھڑکی کے پاس کھڑی تھی۔ نیچے نظر گئی، تو دیکھا، کوئی اوپر کی طرف ہی تاک رہا ہے۔ ایک پھولا، کالا گال، ایک گورا پچکا گال لئے اکشت اسے دیکھ رہا تھا۔

سریکھا کو دیکھ کر اکشت نے ہاتھ ہلایا۔ شاید کچھ زیادہ ہی زور سے، کیونکہ منھ بگاڑ کر دائیں ہاتھ کو بائیں سے فوراً تھام لیا اکشت نے۔ اس نے کچھ ایسا منھ بنایا، کہ سریکھا کو ہنسی آ گئی۔ سیڑھیاں اترتے وقت بھی اس کے ہونٹوں پر ہنسی کھل رہی تھی۔ اکشت ڈرائنگ روم میں آ چکا تھا۔ بابو جی اور ونیہ بھی وہیں تھے۔

سریکھا نے چھوٹتے ہی پوچھا، "کہئے! کیسے ہیں؟"

"بس، آپ کی مہربانی سے بچ گیا اس دن، ورنہ۔۔۔۔۔" اکشت احسان مندی کے

جذبے کے ساتھ بولا۔

"ایسی کوئی خاص چوٹ تو نہیں لگی تھی آپ کو۔ بس، منھ پر ایک کھڑکی کھل گئی۔" سریکھا نے شرارت سے کہا۔

"ایک دروازہ بھی!" اکشت کے نہلے پر دہلا جڑتے ہی سب ہنس پڑے۔

تھوڑی دیر بعد اکشت چلا گیا۔

سریکھا نے چہکتے ہوئے کہا، "ماں، دیکھا؟ اکشت کتنا ٹھیک ہو گیا ہے!"

ماں خوش تھیں۔ بابوجی بھی۔ پر، سریکھا کو ونیہ کی آنکھ میں ایک عجیب سا احساس دکھائی دیا۔ ایک ایسا جذبہ جو پہلے کبھی نہیں نظر آیا تھا۔

شام کو اکشت کا فون آیا۔ اگلی شام کو بھی۔ فون رکھنے کے بعد ماں کی نگاہیں سوالیہ سی لگیں سریکھا کو۔ بنا کسی احساس کے تھے تو صرف بابوجی۔ وہ تھوڑا سٹپٹائی۔ تھوڑا غصہ بھی آیا۔ نہ جانے کس پر۔ ہر کوئی اپنی جگہ ٹھیک تھا۔ ہر عمل اور رد عمل مدلل تھا۔ پر اسے نہ جانے کیوں کٹ گھرے میں کھڑا کر جاتا تھا۔ حال یہ ہو گیا، کہ اکشت کا نام آتے ہی سریکھا کے چہرے کا رنگ بدل جاتا۔

ایک دن سریکھا نے بڑی دیر تک بات کی فون پر۔ ماں نے سننے کی، ہاؤ بھاؤ بھانپنے کی کوشش کی۔ سریکھا کبھی خوش ہوتی، کھکھلاتی، اور کبھی سنجیدہ ہو جاتی۔ کبھی دیر تک چپ رہتی، مانو ڈیڈ ریسیور تھامے ہو۔ ماں کی سمجھ میں کچھ نہ آیا، تو وہ واپس جٹ گئیں اپنے معمول میں۔

تھوڑی دیر بعد سریکھا اتر کر آئی، باہر جانے کو تیار۔ ماں چونکیں، "کہاں جا رہی ہو سری؟"

"اکشت کے پاس۔" سریکھا نے چھوٹا سا جواب دیا۔

"اکشت کے پاس؟ کوئی خاص بات ہے کیا؟"

"ہاں!"

جواب اتنا مختصر تھا کہ ماں سٹپٹا گئیں۔ کچھ اندیشہ سا ہوا انہیں۔ لیکن بول صرف اتنا بھر سکیں، "جلدی آجانا، بیٹا۔"

سریکھا نے، پتہ نہیں، سنا بھی یا نہیں۔ ماں کو سینے میں درد سا محسوس ہوا۔ سریکھا کو گئے پانچ منٹ بھی نہ ہوئے تھے کہ وہ گھڑی دیکھنے لگیں۔ بار بار۔ حساب جوڑتیں، سریکھا کو گئے کتنی دیر ہوئی۔ تھوڑی دیر بعد ونیہ بھی آگیا۔ ویسے تو اسے گھر کے کام کاج سے کوئی سروکار نہ تھا، پر آج ماں سے پوچھ بیٹھا، "ماں! سب ٹھیک تو ہے؟"

ماں بیچاری کیا کہتیں! دل ہی دل میں سوچنے لگیں، "لڑکی اتنی بڑی ہو گئی۔ ان کی سمجھ میں تو کچھ آتا نہیں۔ اتنا کہا کہ اچھا لڑکا دیکھ کر شادی طے کر دی جائے، پر کہاں؟ اب نہ جانے کہاں گئی ہے! کچھ کر نہ بیٹھے۔ اگر کر لے گی، تو کیا منھ دکھاؤں گی سب کو؟ پھول جیسی بچی، اتنے پیار میں پلی، اور اب۔۔۔۔" ماں روہانسی ہو گئیں۔

کھانے کا وقت گزر گیا تھا۔ ونیہ کھانا کھا چکا تھا، بابو جی کھانا کھا رہے تھے۔ ماں کبھی پتیلوں کو دیکھتیں، کبھی گھڑی کو۔ باپ بیٹے دونوں کو ہی بتایا تھا کہ سریکھا کتاب خریدنے گئی ہے، شاید دیر سے لوٹے۔ پر کب تک یہ راز چھپاتیں کہ سریکھا اکشت کے پاس گئی ہے باہر جانے کے کپڑے پہن کر، شاید کبھی نہ لوٹنے کے لئے!

قدموں کی آہٹ سے ماں کی مصروفیت ٹوٹی۔ ہڑبڑا کر اٹھیں۔ بابو جی کے ہاتھ میں نوالہ دھرا رہ گیا۔ دروازے سے اندر آنے والا پہلا قدم اکشت کا تھا۔ اس کے پیچھے تھی سریکھا۔

اکشت کے نمسکار کا ٹھیک سے جواب نہیں دے پائے ماں بابو جی۔ سریکھا شرماتے

ہوئے بولی، "اکشت آشیرواد مانگنے آئے ہیں۔"

"کس بات کا؟" ماں نے نارمل ہونے کی ناکام کوشش کے ساتھ پوچھا۔

"شادی کا!"

"شادی؟" بابوجی، ماں چونک گئے۔ ونیہ بھی بغل کے کمرے سے آگیا، پاجامے بنیان میں۔

"ہاں، شادی!"

"پر، تم۔۔۔" ماں بابوجی کے اوپر جیسے کوئی بم پھٹ پڑا تھا۔

"ماں! اکشت کا یہاں کوئی ہے نہیں۔ اس حادثے کے بعد سے ہمیں ہی اپنا سمجھنے لگے۔ تو بس، شادی کا آشیرواد لینے ہمارے ہی گھر آ گئے۔"

ماں بابوجی سکتے میں تھے۔ خاموش رہے۔ اکشت بھی مضطرب سا تھا۔ سریکھا نے ہی بات آگے بڑھائی، "ماں، بہو کو تو بلایئے! کب تک باہر کھڑی رہے گی بیچاری؟"

"ہاں، ہاں۔۔۔" ماں تپاک سے باہر نکلیں، جہاں شرم سے دوہری ایک لڑکی کھڑی تھی۔

ماحول ایسے بدل گیا، جیسے انتم گیند پر چھکا مار کر ہارا میچ جیت لیا گیا ہو! کافی دیر تک ٹھہاکے، کھکھلاہٹ گونجتی رہی۔ پھر لڑکی بولی، "سریکھا جی، آپ کا شکر کیسے ادا کروں! آپ نے رات کے وقت ایک ایسے شخص کی مدد کی جو آپ کے لئے اجنبی تھا۔ اگر وقت پر مدد نہ ملتی، تو شاید یہ وقوعہ ایک حادثے میں بدل جاتا۔ بعد میں بھی آپ نے اکشت کا خیال رکھا، صرف انسانیت کے ناطے۔ جذباتی ہونے کی وجہ سے۔ آپ کے اور اکشت کے ساتھ کا کچھ دوسرا مطلب بھی نکل سکتا تھا۔ شاید آپ کچھ الجھنوں سے بھی گزری ہوں، پر۔۔۔۔۔"

"یہ سب آپ کو کیسے معلوم؟" سریکھا نے معصومیت سے پوچھا۔

"میں لڑکی نہیں ہوں کیا؟" وہ مسکرائی۔ بابو جی اور اکشت بھی۔ ماں کی آنکھوں میں بادل گھمڑ رہے تھے۔ سریکھا و نیہ کی آنکھوں میں نہ دیکھ پائی۔

اس کی آنکھیں نیچی جو تھیں۔

(۱۳) ایک الجھی ہوئی کہانی

محمد جمیل اختر

"لو آج میں تمہیں ایک کہانی سناتا ہوں یہ کہانی سو سال پرانی ہے"

"سو سال؟"

"ہاں تقریباً سو سال"

"نہیں بھئی ہم نہیں سنتے اتنی پرانی کہانی، دنیا چاند پر پہنچ چکی ہے اور تم ہمیں سو سال پرانی کہانیاں سنا رہے ہو"

"کچھ کہانیاں کبھی پرانی نہیں ہوتیں، وہ وقت کے ساتھ بدلتی رہتی ہیں اور سدا جوان رہتی ہیں، جب تک انسان کے دکھ سکھ ایک سے ہیں کہانیاں ایک سی ہی رہیں گی"

"نہیں تم ہمیں کوئی نئی کہانی سناؤ بالکل نئی بلکہ آج کی کہانی سناؤ"

"آج کی کہانی؟"

"ہاں آج کی کہانی، ہمیں کوئی ایسی کہانی سناؤ کہ کچھ وقت گزرے اِس ہسپتال میں لگتا ہے وقت ٹھہر گیا ہے سو کوئی قصہ سناؤ دوست لیکن آج کا قصہ"

"آج تو کوئی خاص بات نہیں ہوئی ہاں بس ایک فون آیا تھا کہ شبیر نے اپنی بیوی سلمٰی کو طلاق دے دی ہے"

"اوہ، اچھا۔ تو تم ہمیں اسی شبیر کی کہانی سناؤ"

"شبیر کی کوئی خاص کہانی نہیں ہے وہ میرا بچپن کا دوست ہے اور ایک ساتھ پڑھتے اور کھیلتے رہے ہیں۔ جیسا کہ میں نے کہا کہ اُس کی کوئی خاص کہانی نہیں ہے۔ بس یہ کہ جب ہم میٹرک میں تھے تو اُسے سلمیٰ سے محبت ہو گئی اور ہم دونوں گاوں کے راستوں پر سلمیٰ کی ایک جھلک دیکھنے کی خاطر گھنٹوں انتظار کرتے تھے، تم اِس قصے کو چھوڑو میں تمھیں سو سال پہلے کی کہانی سناتا ہوں اور تم دیکھو گے کہ کس طرح ایک دولت مند ایک غریب کی عزتِ نفس کو مجروح کرتا ہے، یہ تب کی بات ہے جب ہمارے گاوں میں دریائے سندھ پر پُل بن رہا تھا"

"نہیں نہیں رکو بھئی ہمیں بتاؤ شبیر کی کہانی میں آگے کیا ہوا؟"

"قصہ مختصر یہ کہ شبیر چونکہ گاوں کے ایک کھاتے پیتے زمیندار کا بیٹا تھا، سو جب اُس کے گھر والے اُس کا رشتہ لے کر سلمیٰ کے گھر گئے تو سلمیٰ کے گھر والے انکار نہ کر سکے اور انہوں نے سلمیٰ سے پوچھے بغیر شادی کے لیئے ہاں کر دی۔۔۔ تو میں کہہ رہا تھا کہ جب ہمارے گاوں میں پُل بن رہا تھا تو بہت سے آفیسر ز دور دور سے ہمارے گاؤں آئے تھے جب کہ مزدوروں میں زیادہ تر لوگ مقامی تھے۔ اور اِن مزدوروں میں کرمو بھی شامل تھا جو کے گاوں کا سب سے غریب آدمی تھا۔"

"لیکن جب شبیر کو سلمیٰ سے محبت تھی تو طلاق کیسے ہو گئی، بات کچھ سمجھ نہیں آ رہی"

"اصل میں یہ بات لوگوں میں مشہور ہے کہ شادی کی پہلی ہی رات سلمیٰ نے شبیر کو کہہ دیا تھا کہ مجھے تم سے نفرت ہے اور یہ شادی میری مرضی کے خلاف ہوئی ہے"

"اوہ اچھا تو پھر کیا ہوا؟"

"کس کا کرمو کا؟"

"نہیں بھئی شبیر کا؟"

"شبیر زمیندار خون تھا بھلا یہ کیسے برداشت کر سکتا تھا کہ اُس کی بیوی کسی اور سے محبت کرے سو وہ روز سلمٰی کو پیٹتا اور کہتا مجھے بتاؤ تمہیں کس سے محبت ہے، پر سلمٰی عجیب عورت تھی اُس نے چھ ماہ تک شبیر کو نہیں بتایا کہ اُسے کس سے محبت ہے۔۔"

"اچھا پھر؟"

"پُل پر کام کرنے والے ایک صاحب کے پاس بہت قیمتی گھڑی تھی جو کہ انہوں نے ولایت سے لی تھی۔

ایک دن کیا ہوا کہ وہ صبح اٹھے تو ان کی گھڑی غائب تھی انہوں نے سارے مزدوروں کو بلایا، مزدور سارے ہی غریب تھے لیکن کرمو کی حالت سب سے زیادہ پتلی تھی اور اُس سے ایک دن پہلے ہی اُس نے صاب سے اپنے حالات کا رونا رو کر تنخواہ بڑھانے کی گزارش کی تھی سو صاحب کو شک ہو گیا کہ چور یقیناً کرمو ہی ہے سو انہوں نے کرمو کو کہا کے وہ انہیں ان کے گھڑی واپس کر دے ورنہ وہ کوڑے مار مار کر گھڑی نکلوا لیں گے"

"لیکن ہم تو شبیر اور سلمٰی کے بارے پوچھ رہے ہیں"

"ارے بھئی چھوڑو بھی، سلمٰی اور شبیر کو، ہوا کچھ یوں تھا کہ چھ ماہ بعد سلمٰی نے ایک روز شبیر سے کہا کے اُسے شبیر کے دوست یعنی مجھ سے محبت ہے"

"اوہ یعنی تم بھی اِس کہانی کا حصہ ہو؟"

"نہیں نہیں میں تمہیں دوسرا قصہ سناتا ہوں کہ جب کرمو پر الزام لگا تو اُس نے بہت قسمیں کھائیں، اور کہا کہ وہ غریب ضرور ہے لیکن چور نہیں، پر تمہیں تو پتا ہے غریب آدمی کے لیے یہ ثابت کرنا کتنا مشکل ہے کہ وہ سچ بول رہا ہے سو کسی نے بھی کرمو کی بات کا یقین نہیں کیا اور صاحب نے ایک لمبا کوڑا منگایا اور وہ کرمو کو مارتے جاتے تھے

اور کہتے تھے کمبخت چور، بتا دے میری گھڑی کہاں ہے، ارد گرد کھڑے باقی مزدور بھی کرمو پر آوازے کسے جا رہے تھے کہ چوری کا انجام برا ہی ہوتا ہے، اب نکال دے گھڑی، کوئی دسویں بار جب صاحب نے کوڑا مارا تو کوڑا ان کے ہاتھ سے گر گیا جسے اٹھانے کے لے وہ جھکے تو گھڑی ان کی اپنی جیب سے نکل کر نیچے گر گئی، صاحب کبھی کرمو کو اور کبھی گھڑی کو دیکھتے اور کرمو نے صاحب کو ایسی نظروں سے دیکھا جیسے ایک غریب کو ایک امیر کو دیکھنا چاہیے لیکن یکدم اُسے خیال آیا کہ کہیں نوکری ہی نہ چلی جائے وہ اُٹھا اور صاحب سے کہا،

"صاب مبارک ہو گھڑی مل گئی۔۔ رشید، فقیرو، گورو یہ دیکھو صاب کی گھڑی مل گئی۔۔۔۔"

"اوہ ہو یہ تو بہت دکھی کہانی ہے لیکن وہ شبیر کا کیا ہوا؟"

"جیسا کہ میں نے پہلے بتایا کہ مجھے تو معلوم ہی نہیں تھا کہ میں اس کہانی کا حصہ ہوں اور سلمٰی کو مجھ سے محبت ہے، سو ایک روز میں گھر کے باہر ہی کھڑا تھا کہ شبیر آ گیا اُس نے کہا

"میں تو تمہیں اپنا جگری دوست سمجھتا تھا۔ مجھے کیا معلوم تھا تم ایسے نکلو گے"

"کیا ہوا دوست مجھے کچھ سمجھ نہیں آ رہی" میں نے پوچھا

"اب اتنے بھولے نہ بنو مجھے سلمی نے سب کچھ بتا دیا ہے"

اور یہ کہہ کر اُس نے مجھ پر گولی چلا دی جو میری ٹانگ پر لگی، سو تب سے میں تم لوگوں کے ساتھ اس وارڈ میں علاج کی غرض سے داخل ہوں۔۔۔"

"اوہ۔ اچھا تو یہ ہے تمہارے زخم کی کہانی، لیکن تم تو کہہ رہے تھے کہ یہ گولی تمہیں پستول کی صفائی کے دوران لگی تھی"

"تو کیا پہلی ہی ملاقات میں سب کچھ بتا دیتا؟"

"ہاں یہ بھی ٹھیک ہے"

"لیکن پھر شبیر نے سلمیٰ کو آج کیوں طلاق دی؟"

"سنا ہے کل رات وہ سارے زیور لے کر انور کے ساتھ بھاگ رہی تھی، لیکن دونوں پکڑے گئے اور شبیر نے سلمیٰ کو طلاق دے دی۔۔۔"

"بھئی یہ انور کون ہے اب"

"انور سلمیٰ کا پڑوسی۔۔۔۔"

* * *